PHILIP OSBOURNE

DIÁRIO DE UM NERD

AVENTURAS EM HOLLYWOOD

A história de um menino muito especial que acredita (demais!) em fantasia

Eu sou Phil, o nerd, o rato de biblioteca, o geek, o matemático compulsivo. Se você é como eu, e as pessoas às vezes riem da sua cara, não ligue. Afinal, sabe quem escreveu os livros mais vendidos de todos os tempos? Os nerds. Sabe quem dirigiu os filmes campeões de bilheteria em Hollywood? Os nerds. Quem inventou a tecnologia mais avançada, que só pode ser entendida por seus próprios criadores? Os nerds. Então, levante a cabeça e sorria para o mundo. Assim como eu, tenha orgulho de ser nerd. Para os meus amigos, eu sou Phil, o Nerd... e tenho muito orgulho disso!

Ciranda Cultural

Dados Internacionais de Catalogação na Publicação
(CIP) de acordo com ISBD

O81d   Osbourne, Philip
        Diário de um nerd: livro 2: aventuras em Hollywood / Philip Osbourne ; traduzido por Fabio Teixeira ; ilustrado por Roberta Procacci. - Jandira, SP : Ciranda Cultural, 2019.
        160 p. : il. ; 13,5cm x 20,2cm. – (Diário de um nerd)

        Tradução de: Diary of a Nerd – The Thousand Lights of Hollywood
        ISBN: 978-85-380-9167-7

        1. Literatura infantojuvenil. I. Teixeira, Fabio. II. Procacci, Roberta. III. Título.

                                CDD 028.5
2019-1471   CDU 82-93

Elaborado por Odilio Hilário Moreira Junior - CRB-8/9949

Índice para catálogo sistemático:
1. Literatura infantojuvenil 028.5
2. Literatura infantojuvenil 82-93

*Para os meus dois filhos.
Sem eles, minha fantasia seria
um lugar menos bonito.*

Philip Osbourne

© 2017 Almond Entertainment
Texto: Philip Osbourne
Ilustrações: Roberta Procacci
Publicado em acordo com Plume Studio

© 2019 desta edição:
Ciranda Cultural Editora e Distribuidora Ltda.
Tradução: Fabio Teixeira
Preparação: Carla Bitelli
Revisão: equipe Ciranda Cultural

2ª Edição em 2019
2ª Impressão em 2020
www.cirandacultural.com.br
Todos os direitos reservados. Nenhuma parte desta publicação pode ser reproduzida, arquivada em sistema de busca ou transmitida por qualquer meio, seja ele eletrônico, fotocópia, gravação ou outros, sem prévia autorização do detentor dos direitos, e não pode circular encadernada ou encapada de maneira distinta àquela em que foi publicada, ou sem que as mesmas condições sejam impostas aos compradores subsequentes.

Se a competição interescolar de matemática do primeiro livro desta série já não foi moleza, agora o **Diário de um nerd** nos leva a outra fase, com mais desafios e ainda mais arriscada: competir contra adultos, ao vivo na TV, em um dos programas de maior audiência dos Estados Unidos!

Ainda bem que Phil, o nerd, pode contar com a ajuda da irmã caçula, ELLEN DICK (mais afiada do que nunca) e seus amigos tão nerds quanto ele: GEORGE, o grandão que parece o Chewbacca; e NICHOLAS, que continua tímido como sempre, sem tirar o saco de papel da cabeça.

Ah! Você achou que eu ia me esquecer dela? Impossível! A Grande Mata-crânio agora também faz parte da equipe THE PING PONG THEORY e é responsável por derreter o coração de Phil (mais de uma vez!).

Nesta história, você vai encontrar as loucuras que o Phil faz para ter notas perfeitas, os laços de amizade que se fortalecem a cada **cosplay** esquisito (culpa da Ellen!)

e a batalha contra um time do mal praticamente imbatível. Vai saber mais sobre a família de Phil, especialmente sobre o adorável e imaginativo LENNY, o pai do garoto – que parece ter acertado em cheio quando largou o emprego de gerente para ficar de olho em ETs!

Philip Osbourne, o autor deste livro, ainda encontra espaço para nos mostrar as mais variadas CURIOSIDADES NERDS, desde os clássicos dos anos 1980 (Os Goonies, He-Man e muito mais) a Harry Potter – tudo isso sem frear o ritmo da aventura um minuto sequer. Isso sem falar nos mentores que aparecem para Phil (diretamente de outro mundo), um enigma dos bons para solucionar e um cenário mais que especial: HOLLYWOOD!

Quando o drama de ter um professor que não nos entende tão bem (ou que a gente não entende) ganha um contorno mais arriscado, Phil tem que aprender outra LIÇÃO VALIOSA: seja na escola, seja em Hollywood, com milhões de pessoas vendo ou ninguém assistindo, na hora de enfrentar o chefão da fase (agora mais difícil), é sempre legal ter amigos para dividir os desafios e compartilhar o CONTROLE 2 (e o 3, o 4...).

Amigos nunca são demais!

Jornalista e escritor

ANTES DE COMEÇAR... VOU APRESENTAR A MINHA FAMÍLIA

ELLEN DICK

A Ellen é a minha irmã. Tem 9 anos e já é um gênio dos negócios.

É isso mesmo: ela sonha em ter sua própria grife. Você acha normal alguém ler jornais financeiros aos 9 anos? Ela é de dar medo. É sério!

Ela é só uma criança, mas fala como uma economista. Planeja tudo em detalhes, ao contrário de mim.

Ela é determinada e adora ser nossa líder.

É a mais nova da família, o que não a impede de tomar decisões por todos nós!

Não me pergunte como, mas ela consegue planejar os nossos dias do começo ao fim. Outra coisa, ela adora gritar: "Andem logo! Já é quase amanhã!".

MINHA MÃE

A minha mãe ficou famosa quando criou uma linha bem-sucedida de camisetas com frases irônicas e sarcásticas. Os blogs e revistas dizem que ela é muito descolada. A página do Facebook dela alcançou 100 mil curtidas, e as frases das camisetas dela estão entre as hashtags mais tuitadas. Tem tudo sobre ela no Pinterest.

MEU PAI

Ele estava de saco cheio de trabalhar como gerente, então pediu demissão e comprou um estúdio longe da cidade, onde escreve histórias e ensaios sobre OVNIs. Só para você ter uma ideia de como meu pai é, veja esta.
Um dia, a caminho da escola, ele estava estacionando o carro quando perguntei se ele acreditava mesmo em ETs. A resposta foi:
"Os OVNIs são reais.
A aviação, não".

TEO, nosso chihuahua

O Teo é o nosso cachorrinho. Ele adora ler tirinhas no iPad, não late e usa o WhatsApp mesmo não tendo mãos!

E OS MEUS AMIGOS:
THE PING PONG THEORY

A GRANDE MATA-CRÂNIO

Ela é linda e um gênio da matemática. Consegue hipnotizar qualquer um com um simples olhar. Era minha rival, mas agora faz parte da minha equipe: The Ping Pong Theory.

NICHOLAS

É tão tímido que esconde o rosto em um saco de papel.

GEORGE

Um hacker que parece o Chewbacca.

INTRODUÇÃO
POR Phil Dick OU PHIL, O NERD

Sim, eu sou um **NERD**. Mas não sou como aquelas crianças que se fecham no quarto e ficam o dia inteiro no computador. É claro que eu passo muito tempo fazendo isso (muito tempo, mesmo!), mas, se você me perguntasse se eu tenho vida, eu nunca responderia: "Vida? Onde posso baixar uma?".

EU SOU UM NERD que gosta de se divertir e, às vezes, de aprontar alguma coisa. Adoro **ESGRIMA** (pratico a modalidade espada), adoro **STAR WARS** (embora os últimos filmes sejam mais tristes que um palhaço ao ser expulso de um circo) e de vez em quando tenho visões esquisitas, como do **DARTH VADER** ou de alguém parecido com ele querendo me dar conselhos malucos. Por sorte, meus amigos são incríveis! São eles que me trazem de volta à realidade. O **Nicholas**, o **George** e a **Grande Mata-crânio** são muito importantes na minha vida, além da minha irmã **Ellen**, que sempre me ajuda a resolver qualquer problema.

Juntos, formamos a equipe THE PING PONG THEORY e participamos de competições de matemática. A **Grande Mata-crânio** faz meu coração bater mais forte. Por causa dela, percebi algo muito importante: preciso escovar os dentes depois de cada refeição. Assim, quando ela chegar perto de mim, não vai pensar que só como cebola.

Já faz algumas semanas que acordo de manhã pensando nela e em POKÉMON. Afinal, eu sou um nerd e costumo misturar na cabeça todas as minhas paixões! O que você vai ler agora é a minha nova aventura, a história de um jovem nerd que acredita no poder da imaginação. Como **Albert Einstein** disse: "A LÓGICA leva você do ponto A ao ponto B. A IMAGINAÇÃO leva você a qualquer lugar".

Deixe a porta da sua imaginação aberta e venha descobrir NOVOS MUNDOS comigo!

CAPÍTULO UM

SUPERNERDS E SUPERMENTIRAS

NUNCA MAIS VOU CONTAR MENTIRAS. CERTO, EU ADMITO QUE ACABEI DE CONTAR UMA! BEM, ENTÃO NÃO VOU MAIS DIZER A VERDADE.

O SUPERNERD
Alguma coisa está errada!
POR Phil Dick OU PHIL, O NERD

Querido *diário*,

Imagine que você é o **BATMAN**.

Imagine que você usa seu Batmóvel e sai da **BATCAVERNA**, todo uniformizado, para combater todos os **supervilões** mais poderosos do planeta. Imagine que você é ele. Todo mundo admira você e quer ficar perto de você, que não tem medo de nada e sempre consegue o que quer.

Você é o **BATMAN**, o Cavaleiro das Trevas.

Você é **BRUCE WAYNE**, o bilionário, uma das pessoas mais poderosas do mundo. Pense em todos os equipamentos de última geração que a **Wayne Enterprises** produz! E é tudo seu!

Você é o cara mais bacana que existe!

Querido *diário*, consegue imaginar isso? Consegue levar sua imaginação ao limite e se imaginar em uma batalha épica contra o **CORINGA?**

Consegue repetir as palavras mais famosas do **BATMAN**: "Criminosos são supersticiosos e covardes. Então meu disfarce deve ser capaz de levar terror aos seus corações. Eu devo me tornar uma criatura da noite, escura e terrível"? Então, beleza!

Querido *diário*, achei que eu era o **BATMAN**, mas, quando acordei de manhã, eu me senti muito mais parecido com o **PIU-PIU**, preso em uma gaiola e dizendo: "Acho que vi um gatinho".

7 de outubro

Eu sou **Phil**, mais conhecido como **PHIL, O NERD**.

Todos esperam o melhor de mim, e o pior é que eu também. Eu deveria sorrir um pouco, ou pelo menos tentar, mas não consigo, porque fico totalmente obcecado com as minhas notas.

Na minha cabeça, elas são como monstrinhos verdes com dentes afiados, tipo aqueles do jogo **ZOMBIE TSUNAMI**.

Ou seja, parecem criaturas terríveis que estão sempre me perseguindo. Nos meus pesadelos, eu fujo enquanto elas gritam: "Quer tirar nota boa? Deixe a gente abraçar você!".
Será que estou louco?
É difícil ficar feliz quando todo mundo espera que você só tire 10.

A única pessoa que não espera nada de mim é o meu pai, porque a única coisa que ele espera é que os ETS aterrissem no NOSSO PLANETA.

A OPINIÃO DELE NÃO VALE! Até as piadas dele são doidas. Outro dia, ele me perguntou: "Sabe por que eu não consegui estacionar na **LUA** hoje?". Eu estava com medo da resposta, então só dei de ombros. "Porque hoje a Lua está cheia!", ele gritou. Que piada terrível!

Meu medo de tirar nota baixa aumenta ainda mais quando entro na sala do novo professor de Matemática. O **professor Gray** sempre fecha a cara quando olha para mim. Não sei por quê, mas ele não gosta mesmo de mim. Por que outro motivo ele me desenharia sendo perseguido por várias **MÚMIAS?**

PÂNICO!!!

Era isso que ele estava fazendo enquanto explicava o Algoritmo de Euclides para a classe. Ninguém acredita em mim, mas sei que ele não me suporta. Sempre que ele me faz uma pergunta na aula, eu começo a tremer, e até as coisas mais simples ficam complexas. Tudo o que eu falo ou faço o irrita. Não consigo deixar de pensar que parecemos um pouco o **Bart Simpson** e o **Sideshow Bob**.

Prof. **Grady**

ELE ODEIA NERDS!

Inclusive, o cabelo do professor Gray parece uma PALMEIRA. E, assim como o inimigo do **BART**, ele adora se exibir e mostrar que é uma pessoa culta e poliglota que adora teatro, ópera e é muito erudita.

Mas, acredite em mim, isso tudo é só pose: ele é só um cara muito esquisito. É tipo um hipopótamo animador de torcida, ou o Hulk com um tutu de bailarina.

POR QUE NÃO POSSO SER ANIMADOR DE TORCIDA TAMBÉM?

O **professor Gray** é UM VALENTÃO QUE NÃO TEM SENSO DE HUMOR.

Semana passada, ele deu uma bronca na classe: "Vocês nunca vão conseguir nada na vida! **PRINCIPALMENTE OS NERDS**, que ficam o tempo todo jogando videogames e lendo histórias em quadrinhos!".

Eu sabia que ele estava falando de mim.

Já fazia alguns dias que ele estava me provocando, e não era coisa da minha cabeça. Mas, infelizmente, eu não estava dentro do jogo **MINECRAFT**, então eu não podia construir abrigos nem me enfiar em um buraco bem fundo no chão para fabricar armas e escudos e me proteger dos meus inimigos.

PHIL, O NERD DO MINECRAFT!!!

Parecia que ele queria me confundir. Não sei por quê. Quando ele disse que não íamos conseguir nada na vida e questionou a nossa capacidade de aprender alguma coisa, não consegui pensar direito. Ele até continuou: "E você, **PHIL**, meu querido **NERD**, deixe de lado os quadrinhos e videogames e se pergunte se está aprendendo alguma coisa de valor com isso!".

Minha cabeça ficou a mil. Eu parecia um vulcão prestes a entrar em erupção, e nada poderia conter a minha raiva. Olhei para ele, atônito. Sempre mergulho de cabeça nos estudos, assim como o **NICHOLAS**. Ele é outro **NERD**, além de meu amigo e colega de classe.

Por que o **professor Gray** estava sendo tão asqueroso com a gente? Eu não consegui conter o meu sarcasmo e respondi: "Não preciso me perguntar se eu estou aprendendo alguma coisa, pois tem alguém aqui que obviamente nunca aprendeu nada e acha que pode ensinar".

Já ouviu falar de "Labirinto - A magia do tempo", um filme antigo com o **David Bowie?** A personagem principal se chamava Sarah, e a primeira pessoa que ela encontrou foi o **HOGGLE**, um goblin feioso que jogava veneno nas fadas na entrada do labirinto. O professor Gray parece o Hoggle, só que mais alto e atrevido, e tenho certeza de que ele não gostou do insulto.
Por isso, fiquei com 8, que não é uma NOTA RUIM para a maioria dos alunos, mas é

uma nota péssima para mim, já que estou acostumado a tirar 10. Ele conseguiu me provocar e acabar com a minha paciência. Eu não me sentia mais como o **BATMAN**. O professor tomou a minha Batcaverna e o meu Batmóvel, e de repente não me restou nada além de um **ORGULHO** ferido.

A partir de hoje, serei apenas um sujeito normal. Chega de aventuras. Vou sentir saudades, Gotham. E de vocês também, minhas queridas notas 10.

8 de outubro

Eu queria voltar ao meu pódio **NERD** das melhores notas. Mas, quando tentei, acabei arranjando um baita problemão! Não queria que meus amigos soubessem que eu tinha tirado uma nota baixa.
A Grande Mata-crânio é tão linda, que é difícil conversar com ela sem parecer um idiota. Os olhos dela são incríveis, e nós gostamos das mesmas coisas. Ela é a **MULHER-MARAVILHA** e eu sou o **BATMAN**.

VOCÊ NÃO ACHA QUE SUA IMAGINAÇÃO FOI LONGE DEMAIS?

25

A gente vive em sintonia. Ela adora jogos de **RPG** on-line e é doida por Clash Royale, e eu também! Ela se perdeu no emaranhado da saga do **DR. OCTOPUS** quando ele se tornou o **HOMEM-ARANHA** e ficou furiosa quando o Han Solo morreu em **STAR WARS VII**. Ela também postou na internet que a série **HEROES** é muito legal e que vale a pena assistir a **HEROES REBORN**. Mas não é só o nosso mundo nerd que nos une. **NÓS TAMBÉM AMAMOS MATEMÁTICA.**

MOMENTO NERD CONTRA STAR WARS VII

Eu me apaixonei de vez no momento em que ela me contou os três motivos pelos quais ela gostava de matemática. "O **ALBERT EINSTEIN** disse três coisas. Primeira: 'A **IMAGINAÇÃO** é mais importante que o **CONHECIMENTO**'. Segunda: 'O mais importante é nunca parar de **QUESTIONAR**'. Terceiro: '**BUSCAR A VERDADE** é mais importante que tê-la'. Quando li essas citações, tentei entender qual era o motivo por trás delas, e descobri que era a matemática. É por isso que eu gosto tanto dela!".

Eu nunca imaginei que eu ia querer passar o tempo todo ao lado dela. Nós já tínhamos participado de competições de matemática antes, e eu a detestava. Mas agora... **Você acha que estou apaixonado?**

Claro que sim, porém um passo de cada vez. **LEMBRE-SE: ELA TEM O PODER** de causar um apagão mental só com o olhar, e eu não quero que minha mente se transforme em uma lousa em branco. Eu pensei em me declarar, só que, quando a

GRANDE MATA-CRÂNIO me disse que o **NICHOLAS** e o **GEORGE** estavam nos esperando no escritório da minha irmã, **ELLEN**, resolvi deixar para depois. Eu tinha de concentrar minhas energias em outra coisa: queria invadir o computador da escola e **mudar minha nota de 8 para 10**. Assim, minha média não cairia e todos ainda me considerariam o **SUPERNERD**.

A Grande Mata-crânio e eu fomos ao escritório da minha irmã. Bem, na verdade era o quarto dela, que tinha sido transformado em sala de reuniões. Ninguém sabia o que a Ellen queria nos dizer.

Ela lembra muito a **VICKY**, do desenho **OS PADRINHOS MÁGICOS**. A Vicky é uma babá terrível, ambiciosa e sádica. A única diferença é que a Ellen não é babá, embora seja ela quem cuida da nossa equipe **The Ping Pong Theory**.

O **NICHOLAS** já estava lá sentado com seu saco de papel na cabeça, e o **GEORGE** estava fazendo anotações no tablet para protestar contra qualquer coisa que minha irmã pudesse dizer. A **ELLEN** e os meus dois amigos tinham medo da Grande Mata-crânio, não porque ela se vestia como gótica, mas por causa do **OLHAR HIPNOTIZADOR** dela. Quando entrou no escritório, a Grande Mata-crânio deu um sorriso brilhante, típico de comercial de pasta de dente.

- **Grande Mata-crânio**, agora que você faz parte da nossa equipe, deve saber que eu sou a treinadora de matemática! E EU AMO A DEMOCRACIA TANTO QUANTO OS CÃES AMAM OS GATOS. Então, minha querida, sou eu quem toma todas as decisões aqui! - a **ELLEN** falou de cara, para evitar qualquer mal-entendido.

A Grande Mata-crânio apenas sorriu e percebeu que a **ELLEN**, apesar de pequena, era bem esperta. ELA RESOLVEU DEIXAR A MINHA IRMÃZINHA BRINCAR DE CHEFONA PARA NÃO DESEQUILIBRAR A FORÇA DA NOSSA EQUIPE.

- Pessoal, eu tenho uma surpresa para vocês! - continuou a **ELLEN**.

- Por favor, não peça para a gente limpar o seu quarto! - disse o **NICHOLAS** por baixo do saco de papel.

- Geralmente, o que você chama de surpresa é o que todos nós chamamos de problemas - o **GEORGE** completou.

33

– Vamos deixá-la explicar – disse a GRANDE MATA-CRÂNIO.

A ELLEN SORRIU e disse:

– Obrigada pela sua solidariedade feminina, Grande Mata-crânio. Os garotos geralmente não percebem que, quando eles estão indo, nós, GAROTAS, já estamos voltando. NÓS SEMPRE ESTAMOS UM PASSO À FRENTE. Enfim, convoquei vocês aqui hoje para falar sobre o programa de TV AMERICA LOVES TALENT.

Nossos olhos brilharam.

O AMERICA LOVES TALENT era o programa de maior sucesso na TV, e havia centenas de páginas no Facebook sobre os concorrentes. TODOS ERAM DESCOLADOS e inteligentes, mas completamente malucos. Todo mundo gostava desse programa porque as equipes competiam em testes de inteligência e lógica, e os concorrentes eram pessoas bizarras com nomes ridículos.

Eu me lembro de uma equipe de Ohio chamada OS PARASITAS, cujos participantes se vestiam de cogumelos. Foram eles que derrotaram **OS ESPINHENTOS**, um grupo de ex-professores de Matemática do Texas com o rosto cheio de espinhas.

O PROGRAMA DO ANO
NOSSA GRANDE OPORTUNIDADE!

Eles eram tão chatos que não paravam de discutir e jogar seus chapéus de caubói uns nos outros. O **GRANDE PRÊMIO** do programa era uma grana preta, e **não havia limite de idade.** Por isso que nerds, professores, cientistas malucos e matemáticos doidos esperavam na fila para participar. Mas o que o programa **AMERICA LOVES TALENT** tinha a ver com a gente?
— É MAIS UMA COMPETIÇÃO PARA A GENTE PARTICIPAR? — perguntei, preocupado.

— A ESCOLA É UM AMBIENTE QUE LIMITA A NOSSA GENIALIDADE — respondeu a **ELLEN**, determinada. — Agora temos uma nova integrante, que é muito valiosa. Se jogarmos as cartas certas, podemos vencer essa competição.

A **GRANDE MATA-CRÂNIO** sorriu. Ela gostou de saber que a **ELLEN** estava **DEPOSITANDO SUA CONFIANÇA NA OUTRA MENINA DA EQUIPE.** Então, a Ellen continuou:

— MESMO COM A PRESENÇA DO GEORGE, somos uma equipe **muito talentosa** e podemos derrotar qualquer um, inclusive adultos, desde que a gente se concentre totalmente nas nossas habilidades científicas e matemáticas.

O **GEORGE** respondeu com sarcasmo:

— Mesmo com uma treinadora como a Ellen, cuja eloquência supera a habilidade de pensar, **EU TAMBÉM ACHO QUE A GENTE CONSEGUE VENCER ESSA COISA.**

O **NICHOLAS** ficou muito animado. Ele já tinha se acostumado com as desavenças entre a **ELLEN** e o **GEORGE**, então nem se importava com a presença dos dois ali. Ele adorava competições (era fã do time de beisebol **NY METS**), por isso perguntou:

— Será que eles permitem a participação de pessoas com um saco de papel na cabeça?

A **GRANDE MATA-CRÂNIO** ficou bem impressionada com a nossa reunião maluca. Ela perguntou igual a uma pessoa adulta:

— Vocês não acham que pode haver **EQUIPES MAIS BEM PREPARADAS QUE A GENTE**, como universitários ou professores? E por que acham que o **AMERICA LOVES TALENT** aceitaria a nossa participação? Afinal, é um programa de TV, e talvez nós não sejamos tão doidos ou excêntricos quanto eles gostariam!

A **ELLEN** subiu na mesa, prestes a armar a maior cena para mostrar quem mandava. Franziu a testa e disse com sarcasmo, porém bem séria:

— **OLHEM SÓ PARA VOCÊS!**

— Vocês já viram um garoto que anda com UM SACO DE PAPEL na cabeça? O Nicholas já é praticamente uma CELEBRIDADE!

NICHOLAS GEORGE

O George sorri muito mais quando está com a gente.

— O George parece o irmão mais tímido do Chewbacca, do **STAR WARS**, mas será que ele consegue parecer "normal" por alguns instantes, enquanto tenta hackear o YouTube?

– E a **GRANDE MATA-CRÂNIO**? Será que ela saiu de um FILME DE TERROR ou tem o poder de LER MENTES? As roupas dela parecem o figurino de **UM FILME DO TIM BURTON**. Reparem no olhar de laser dela: é igual ao do **CICLOPE**, dos X-Men!

GRANDE MATA-CRÂNIO

Nem sempre entendo a Grande Mata-crânio, pois ela consegue esconder suas emoções e intimidar a todos com seu olhar penetrante.
Mas tenho certeza de que dentro dela há muitos sentimentos bonitos.
Ela quer trabalhar como pesquisadora, pois, como ela mesma diz: "Mais do que ensinar, eu quero aprender".

— Phil, o **NERD**, o garoto supertímido que tem o cérebro mais rápido que o **FLASH**, que se move na velocidade da luz. Ele não vai ficar ótimo na TV?

PHIL, O NERD

Será que sou um super-herói? Eu vejo tudo como se fosse em um gibi ou uma série de TV. Às vezes, eu me sinto como o Flash, e fico imaginando como seria chegar sempre primeiro a qualquer lugar, de tão veloz. Não gosto de perder e não aceito ser derrotado, pois tenho medo de decepcionar meus pais e professores. Eles sempre esperam o melhor de mim!

Ela apontou o dedo para a gente e continuou:
- E que outro grupo teria uma garota de 9 anos tão encantadora como líder, alguém cujas **HABILIDADES DE GESTÃO** são quase inéditas no planeta Terra? É por tudo isso que eles nos **ACEITARAM** assim que viram a foto que enviei da nossa equipe.
É oficial: **THE PING PONG THEORY** vai participar do **AMERICA LOVES TALENT**.
- Se uma pessoa ganha, a outra perde... e nós não queremos ser essa "outra" - disse a **ELLEN**.

ELLEN, A CHEFONA

SOU EU QUEM TOMA AS DECISÕES!

Minha irmã adora organizar as coisas e dar ordens. Acho que a primeira palavra dela não foi "Mamãe" nem "papai", foi "eu". Ela não faz por mal; apenas age de acordo com sua natureza.
Diz em defesa própria: "Algumas crianças gostam de ser lideradas, e eu só quero fazê-las felizes".

— Onde vai ser a competição? — perguntou o **NICHOLAS**.

— Nos estúdios do programa, em Hollywood — respondeu a **ELLEN** com serenidade.

— Nós vamos para a **Califórnia**? Todos juntos? — perguntei.

— Sim, nós vamos para Hollywood, mas primeiro teremos de convencer nossos pais a deixar, é claro — disse a nossa **MINICHEFE**. Todos os filmes e séries que **EU ADORO** são gravados em **HOLLYWOOD**. Talvez a gente consiga ver os sets de filmagem e encontrar alguns atores!

SUPER MEGA UAU!!!!

Por um momento, eu me imaginei almoçando com o **GEORGE LUCAS** enquanto ele me contava segredos de **STAR WARS**.

9 de outubro

Querido **diário**,

A esta altura você já deve saber que eu tenho um supertalento para me meter em encrencas. A **NOTA BAIXA** que o **professor Gray** me deu foi totalmente injusta. Eu não merecia aquilo. Ficou bem claro que ele me odiava. Por isso, eu tinha de fazer algo. Em **OPERAÇÃO BIG HERO**, **BAYMAX** era um enfermeiro gentil e atencioso, mas ele se enfureceu e foi para a rua **COMBATER** o crime. O **CHIP DE CUIDADOS MÉDICOS** implantado nele não lhe permitia machucar ninguém, mas, quando este chip era retirado, o **BAYMAX** ficava só com o **CHIP DE LUTA**, o que o deixava **FURIOSO**. Os olhos dele ficavam vermelhos e ele se tornava uma máquina assassina que não parava até alcançar seu alvo. É assim que me sinto agora. Mudei para o "**MODO FURIOSO**", e estava determinado a fazer o **professor Gray** me dar a nota que eu **MERECIA**. O sinal tinha acabado de tocar, e todo mundo estava indo embora... menos eu.

NÓS SOMOS IGUAIZINHOS!

GRRR!

Alguns minutos antes, quando a aula estava para acabar, eu tive que suportar outro sermão do professor Gray sobre como os **NERDS** eram inúteis e babacas.

– O maior problema de alguns nerds é a arrogância. Eles acham que são super-heróis só porque leem quadrinhos da **MARVEL** ou da **DC COMICS**. Eles se consideram imortais porque veem **The Walking Dead**. Caros nerds... estou falando de vocês, **NICHOLAS** e **PHIL DICK**... vocês não são super-heróis. A vida pode pregar uma peça em vocês – ele disse, com um sorriso maldoso.

Parecia mesmo uma ameaça de verdade, mas não falei nada porque não queria ter mais problemas com ele. Afinal, ele estava só esperando eu dar algum tipo de

RESPOSTA MAL-EDUCADA para ter motivo para me expulsar da escola.

Eu tinha de fazer alguma coisa rápido para aumentar a minha média. Por que o professor Gray queria **humilhar** os nerds?

Invadi a sala de informática da escola. **EU TINHA POUQUÍSSIMO TEMPO PARA ENTRAR NO SERVIDOR E DESFAZER A INJUSTIÇA QUE EU HAVIA SOFRIDO.**

Liguei o computador e acessei o servidor. Graças a um aplicativo que me permitia ver todas as senhas do **professor Gray**, entrei na conta dele.

MUDAR A NOTA DE 8 PARA 10 PERFEITO!

O pirata virtual perfeito

O papagaio caolho do pirata virtual perfeito

Então, acessei o registro oficial de notas. **Eu nunca tinha feito nada assim em toda a minha vida,** mas aquele homem malvado merecia aquilo.

Em alguns segundos, o meu 8 tinha virado um 10.

DE REPENTE, OUVI UM BARULHO E QUASE GRITEI DE MEDO. Vasculhei a sala toda feito um drone, mas não havia ninguém.

Que alívio! Se alguém tivesse me visto, eu **SERIA EXPULSO** e a minha carreira acadêmica seria enterrada, assim como as criaturas de **O ATAQUE DOS VERMES MALDITOS.**

Quando saí da escola, eu estava satisfeito por ter as notas que eu merecia no meu boletim.

Pronto, eu só precisava entender por que o **professor Gray** odiava tanto os **NERDS.**

MOMENTO NERD
O ATAQUE DOS VERMES MALDITOS

Você já ouviu falar desse filme? É claro que não! Eu conheço porque, como um nerd de carteirinha, assisti a todos os filmes de fantasia e ficção científica dos ANOS 1980 E 1990. No filme O ATAQUE DOS VERMES MALDITOS, há criaturas gigantes que parecem minhocas enormes e vivem sob o solo do deserto. Elas são cegas, mas têm a audição muito apurada. Esses vermes são atraídos pelas vibrações na superfície e sobem para comer. E se alimentam de animais e também de seres humanos!

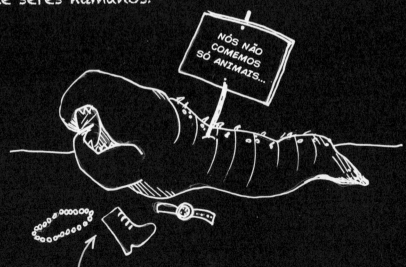

POR ACASO, ANIMAL USA SAPATO?!?!

10 de outubro

No sábado, eu queria dormir até mais tarde e tentar esquecer o que eu tinha feito. Não conseguia nem imaginar que castigo eu teria se os meus pais descobrissem que eu tinha alterado as minhas notas. Então, ouvi a minha mãe tentando me tirar da cama.

– Acorde! A **Grande Mata-crânio** está na sala, e parece bem brava – alertou a minha mãe.

Por um momento, achei que tinham me descoberto. Pulei da cama e, com a minha camiseta do **JUSTICEIRO**, fui na hora falar com ela.

Super-herói mítico da Marvel, criado pelo sorridente Stan Lee.

– O que foi? – perguntei, nervoso.

Ela estava pálida feito um zumbi. Eu não sabia o que tinha acontecido, mas sabia que, para ela vir até minha casa no sábado de manhã, deveria ser um **BAITA PROBLEMA**. A **Grande Mata-crânio** ligou o tablet dela e me mostrou uma página do **Facebook**.

Era o perfil de um cara que se apelidava de **ESQUELETO**. Eu caí na risada como se estivesse assistindo a um novo episódio de **HORA DE AVENTURA**.

ESQUELETO

- Que tipo de pessoa usaria esse apelido? Só falta esse cara gostar do **HE-MAN!** Era um desenho horrível dos anos 1980. **PELO MENOS É ISSO QUE O MEU PAI DIZ, E ELE TAMBÉM ERA NERD!** - falei.

A Grande Mata-crânio respondeu:
- Ele usa o apelido **ESQUELETO** porque é muito maldoso, e todo mundo tem medo

51

dele em Nova York. Ele é um **HACKER** terrível e impiedoso. Ele tem 18 anos, tem sangue frio e é um VERDADEIRO GÊNIO. Ele sempre disse que O PAI VERDADEIRO DELE SÃO OS ALGORITMOS. O Esqueleto é a matemática em pessoa! Ele nunca tira os olhos do computador nem dos livros de Matemática! ELE NÃO SE DÁ BEM COM NINGUÉM E PASSA O TEMPO TODO CRIANDO VÍRUS POTENTES DE COMPUTADOR!

– Mas o que é que isso tem a ver com a gente? – perguntei.

– Leia a última postagem dele! – gritou a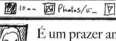

EU FIQUEI MUDO!

É um prazer anunciar que o professor Gray me convidou para a equipe Vingadores Malvados e que nós vamos participar do **AMERICA LOVES TALENT** no dia 01/11. Mal posso esperar para conhecer os outros três integrantes que vão se juntar a nós para triunfar e ganhar o Grande Prêmio!

O **professor Gray** ia ser o treinador dos Vingadores Malvados, uma superequipe que ele tinha criado para concorrer com **THE PING PONG THEORY!** Não tinha como negar: o professor Gray tinha ÓDIO de mim e dos nerds, e aquilo me deixava com bastante medo!

MEU CARO COIOTE, PENSE EM QUANTO PROBLEMA VOCÊ PODERIA TER EVITADO SE TIVESSE ME CHAMADO ANTES.

O professor Gray era um verdadeiro gênio do mal. Ele antecipava cada movimento dos seus inimigos, e agora eu sabia que eu era um deles!

PUXA!

CAPÍTULO DOIS

NÃO ENTRE NAQUELES ESTÚDIOS

OK, EU ESTAVA ERRADO. MAS, QUANDO EU TIVER 80 ANOS, PROVAVELMENTE TEREI APRENDIDO TUDO SOBRE A VIDA. PENA QUE VAI SER DIFÍCIL LEMBRAR DAS COISAS!

30 de outubro

Sabe o filme **TRUQUE DE MESTRE 2?** É aquele com ilusionistas e mentalistas que lutam contra **WALTER TRESSLER**, que quer se vingar dos Quatro Cavaleiros após a derrota de seu pai, **ARTHUR**. Bem, era isso que eu queria fazer com o professor Gray. O ódio dele pelos nerds finalmente estava exposto, e eu fiquei furioso, como no dia em que minha mãe me chamou bem no meio de um duelo de **CLASH ROYALE**, e eu tive que voltar para a **ARENA**. Por um momento, pensei que meu estômago tinha virado um liquidificador, porque parecia que toda minha raiva estava girando lá dentro.

— ACORDE! — a **Grande Mata-crânio** gritou para mim, quando estávamos prestes a embarcar em nosso voo para LOS ANGELES com os nossos pais.
Eu estava com MEDO e com raiva, e não tinha percebido que eu estava mesmo indo com os meus amigos e a minha família para HOLLYWOOD.

Meu pai, atordoado como sempre, foi **PARADO NO DETECTOR DE METAIS DO AEROPORTO**. Ele tinha disparado todos os alarmes, e uma equipe tática **ANTITERRORISMO** o dominou e o jogou no chão. Minha mãe, como todos os outros adultos que viram aquela cena, ficou olhando para ele, e eu sabia o que ela estava pensando: "Eu sabia que havia alguma coisa errada com o meu marido!".

Ao ver o fuzil apontado para a cabeça do meu pai, o **GEORGE**, nada sarcástico, perguntou:

— O seu pai trouxe um ET para o aeroporto?

Meu pai estava levando um boneco de pelúcia do ALF, que é o personagem principal de uma série de fantasia e ficção científica que passou na TV de 1986 a 1990.

NÃO DAVA PARA RIR, MAS O GEORGE TINHA RAZÃO. A POLÍCIA INTERROGOU O MEU VELHO, perguntando por que um adulto levaria no avião um **ALF** gigante de pelúcia. Sem hesitar, meu pai disse:

- É PORQUE OS ETS ESTÃO ENTRE NÓS E ELES SÃO BONS.

Falar com o meu pai é como descer um morro com uma bicicleta sem freios.

É impossível controlá-lo.

OS POLICIAIS ACHARAM QUE ELE TINHA UM PARAFUSO A MENOS, por isso o jogaram no chão de novo. Um policial ficou com medo e tirou o **ALF** do meu pai. E as coisas só pioraram quando o meu pai gritou com o policial:

- Não o rasgue! Ele está do nosso lado, ele é do bem!

Meu pai obviamente adorava o Alf.

Ele nunca percebeu que vivemos em um mundo com REGRAS.

ELE SEMPRE FICA OLHANDO PARA O CÉU, procurando outros planetas e espaçonaves que o deixariam feliz. Talvez ele não esteja acostumado a encarar a realidade.

Ele é um homem difícil de entender, mas é isso que o torna tão adorável.

Para ele, os ETs são tão importantes quanto a matemática é para mim.

Minha mãe estava achando engraçado e assustador ao mesmo tempo. Ela sabia que o **LENNY** (meu pai) era como um jogo: às vezes ele dava **GAME OVER** e outras vezes nos levava para a próxima fase.

MARYLIN, também conhecida como minha mãe, quis acalmar os policiais e impedir que os pais dos meus amigos entrassem em pânico. Então, ela se aproximou do **chefe da segurança** e mostrou uma de suas famosas camisetas. O guarda, **SENHOR T**, parecia o **ADAM SANDLER**, aquele ator de PIXELS e GENTE GRANDE. Ele parecia gêmeo do Adam Sandler, exceto pelo dente de ouro típico dos rappers. O guarda parecia furioso, mas se acalmou assim que viu a camiseta na mão da minha **MÃE**.

- **BEM? ELE FAZ O BEM A QUEM?** – ele perguntou, citando a frase da camiseta.
O homem olhou para o meu pai e percebeu que havia sido um mal-entendido.
- **FAZ O BEM A QUEM TAMBÉM FAZ.**
- Ele é seu marido? – perguntou o Senhor T.
- Sim. Veja o boneco de pelúcia que ele trouxe. Ele nunca seria capaz de fazer mal a uma mosca. Ele adora ETs e também ama

as SÉRIES e os FILMES em que eles são bonzinhos, e acha que não devemos ter medo deles – explicou a minha mãe.

O policial pegou o ET e o passou pelo detector de metal e pelo raio X. Quando viu que era apenas um Alf de pelúcia, ELE PEDIU DESCULPAS PELO MAL-ENTENDIDO e explicou que os CONTROLES DE SEGURANÇA são para a nossa proteção.

O meu pai pegou o ET de volta e disse:

– GUERRA DOS MUNDOS, aquele filme com o Tom Cruise em que os ETs vêm para a Terra e nos atacam, é uma porcaria! Vida longa ao Alf!

Os pais dos meus amigos caíram na risada e, depois daquilo, foi difícil explicar que o meu pai, o mesmo homem que quase foi preso por AGIR COMO UM DOIDO, já escreveu um livro sobre ETs e até ganhou um PRÊMIO DE MELHOR FICÇÃO ALIENÍGENA.

O meu pai sempre me diz que ele sonha em preto e branco com humanos, mas sonha em cores com ETs. Seu pijama de O GIGANTE DE FERRO não é visto como o mais adequado para um homem da idade dele, mas ele não está nem aí. Ele só quer ser feliz com a gente e com seus alienígenas.

Quando chegamos a **HOLLYWOOD**, ficamos em um hotel com quartos interligados. Eu dividi um quarto com a minha irmã, e os meus pais estavam no quarto ao lado, dormindo feito pedra. Meu pai estava com seu pijama de **O GIGANTE DE FERRO** (o desenho favorito dele) e a minha mãe usava uma de suas camisetas, que tem uma imagem nossa na versão **O QUARTETO FANTÁSTICO**. Nossa família é bem esquisita, totalmente sem igual!

A **ELLEN** voltou ao quarto para descobrir mais sobre os nossos adversários do programa de talentos.

— Phil, quero analisar os integrantes dos **VINGADORES MALVADOS** e descobrir quais são os pontos fracos deles. Todos temos **FRAQUEZAS** e, geralmente, eu sou uma fraqueza para nossos oponentes! — ela disse, com seu **SARCASMO** adulto de sempre.

Então, eu disse:

— Estou preocupado. Nós vamos participar do **AMERICA LOVES TALENT** e teremos de lutar muito contra adultos pela vitória. Não vai ser fácil como as OLIMPÍADAS DE MATEMÁTICA.

– Confie em mim. Imagine que eu sou as rodas da sua bicicleta. Prometo que levarei você à vitória.

Deitei na cama, e a minha irmã pegou o Macbook e a impressora portátil dela. Ela começou a fazer suas pesquisas e, depois de um tempinho, me entregou umas fichas impressas.

– Agora sabemos quem mais o seu caro **professor Gray** escolheu para competir com a gente, além do **ESQUELETO!** – ela anunciou, orgulhosa.

Em seguida, pegou uma ficha e me mostrou:

– Este é o MORTIMER, também conhecido como **THE WALKING DEAD**. Tem 26 anos e é de Pasadena. Dizem que ele é um zumbi de verdade. Ele nunca sai de casa, nem para ir ao mercado. Só se comunica pelo Twitter e nunca utilizou o limite de caracteres. Ele acha desnecessário conversar muito com os outros. Quando tinha 6 anos, ele impressionou o mundo ao resolver o Teorema de Matiyasevich em três minutos. Segundo a Wikipédia, ele também inventou um **VÍRUS** capaz de fazer crescer um terceiro olho no meio da testa. **MAS ISSO AINDA NÃO FOI CONFIRMADO.**

> ## FiCHA:
>
> **NOME:** Mortimer
> **APELIDO:** The Walking Dead
> **CARACTERÍSTICAS:** solitário por opção; viciado no Twitter; gênio da matemática
> **CONCLUSÃO:** totalmente perigoso!

O **MORTIMER** parecia um cara assustador. Talvez fosse melhor nem saber nada sobre os outros integrantes da equipe dele.

– Você está **MORRENDO** de curiosidade para saber sobre o resto da equipe, não está? – perguntou minha irmã.

Não foi exatamente **COMO EU IMAGINEI.**

Na verdade, ela queria mais ME ASSUSTAR do que informar.

- O segundo perfil é o da **SENHORITA PÂNICO**. Ela tem 23 anos e sempre usa a máscara do **Pânico** (da série de TV e do filme de **WES CRAVEN**). Ela mora em Salt Lake City, e na internet tem todo tipo de histórias sobre ela. Eu li que ela conseguiu encontrar um código de acesso para INVADIR UM CASSINO de Las Vegas. Ela foi até contratada pelo governo americano para verificar as contas federais, tarefa que concluiu em menos de seis horas. Porém, depois ela postou tudo na internet, incluindo documentos confidenciais.

ELA ADORA CRIAR CAOS.

FICHA:

23 anos de idade

NOME: Senhorita Pânico
CARACTERÍSTICAS: sempre usa a máscara do Pânico; é uma hacker famosa; odeia tudo e todos
CONCLUSÃO: melhor ficar bem longe dela!

Nós éramos as pessoas menos perigosas na face da TERRA. O **NICHOLAS** e o **GEORGE** conseguiam, no máximo, espantar uma mosca. E eu tinha que confiar totalmente na capacidade mental da **Grande Mata-crânio**.

Minha irmã continuou:

– Antes de ir dormir, você precisa saber quem é o último integrante da equipe deles. Ele é conhecido como **VENOM TRIPA**. É idêntico ao Venom, inimigo do Homem--Aranha, só que mais magro. Tem 50 anos e fez fortuna em Wall Street. É podre de rico e adora **intimidar qualquer pessoa que ele ache inteligente.** Ele sempre usa uma máscara **MEDONHA**. Também **ODEIA** o badalar de sinos por causa de um trauma de infância: quando ele era criança, os amigos roubaram a lancheira dele perto de uma igreja, e os sinos estavam badalando. Ele **ODEIA** adolescentes e sabichões e adora dar rasteira em idosos.

Nossos oponentes eram todos ADULTOS e TERRÍVEIS! Como iríamos derrotá-los? O treinador deles era o meu professor, e eles eram inteligentes, graduados e tinham mais conhecimentos que nós. Era como tentar vencer o MESSI num desafio de pênaltis. Seria mais fácil a gente encontrar uma criança levando o MONSTRO DO LAGO NESS para passear de coleira do que ganhar o AMERICA LOVES TALENT.

30 de outubro (ainda!)

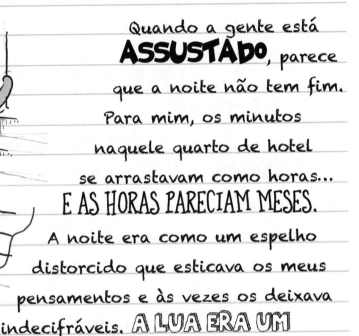

Quando a gente está **ASSUSTADO**, parece que a noite não tem fim. Para mim, os minutos naquele quarto de hotel se arrastavam como horas... E AS HORAS PARECIAM MESES. A noite era como um espelho distorcido que esticava os meus pensamentos e às vezes os deixava indecifráveis. A LUA ERA UM PINTOR QUE SÓ CONHECIA A COR CINZA.

Eu estava com medo de ser humilhado na TV diante de milhões de pessoas. Os juízes do **AMERICA LOVES TALENT** não eram nada simpáticos.

Por falar em humilhação, lembrei do **David Hasspig**, que ficou famoso nos anos 1980 quando protagonizou uma série péssima e desconhecida, em que ele sempre tirava sarro dos competidores. **ELE ERA O PIOR JUIZ DE TODOS** e, mesmo não entendendo nada de matemática, **AINDA JULGAVA O TALENTO DE CIENTISTAS** e matemáticos que competiam no programa. Ele era cruel e sempre postava a cara de **HUMILHAÇÃO** dos concorrentes em seu Instagram.

DE 1 A 10, QUAL MEU NÍVEL DE FORMOSURA?

DAVID DISFARÇADO... FORA DOS ESTÚDIOS DE AMERICA LOVES TALENT.

Ele só parecia feliz quando outras pessoas ficavam tristes.

Eu já imaginava a cena: ele tirando uma **SELFIE** comigo e eu chorando na frente dos **VINGADORES MALVADOS.** Eu estava **muito** estressado, mas **TINHA QUE DORMIR,** senão eu nunca conseguiria ir bem na competição. Tentei contar carneirinhos pulando uma cerca, mas ainda não tinha conseguido entrar no **MUNDO DOS SONHOS.** Então achei que seria mais engraçado imaginar **POKÉMONS** pulando a cerca. É assim que um **NERD** cai no sono. Uma pessoa normal conta carneirinhos, mas um nerd conta **POKÉMONS!**

Querido *diário*, eu normalmente não sonho com os personagens de HQs, séries de TV ou filmes. Bem, na verdade, já sonhei com o **DARTH VADER,** mas era mais uma visão do que um sonho. **ELE ERA COMO UM MENTOR** que me dava conselhos e às vezes **APARECIA ATÉ DURANTE O DIA.**

Na noite de 30 de outubro, eu queria que o **DARTH VADER** tivesse aparecido. Talvez ele pudesse me dar alguns conselhos para me animar um pouco. Mas, em vez disso,

naquela noite quem me visitou foi um ser que eu nunca teria imaginado. Vamos lá, tente adivinhar quem era... Não era um **GORILA**, então não podia ser o **KING KONG.**

Não era um macaco, então não podia ser o **César** de O PLANETA DOS MACACOS.

Não era um super-herói aloprado, então nada de **DEADPOOL**.

Não era nenhum sapinho que se diverte cortando cordas, então com certeza não era CUT THE ROPE! Certo, não vou insistir mais para você adivinhar!

ERA UM ET!

Mas não como aquele extraterrestre preguiçoso centenário da **Área 51** que o **STAN** de **AMERICAN DAD** levou para casa!

Era um muito mais legal! Era o próprio **ET**, ou pelo menos um bem parecido com ele, daquele filme famoso dirigido por **STEVEN SPIELBERG**. Ele colocou sua mão de três dedos longos no meu iPhone e disse:

– ET... Telefone... Minha casa...

Como aquela ligação com certeza sairia bem cara, eu perguntei se ele poderia ligar pelo **WHATSAPP**, assim eu não teria que pagar.

Ele começou a rir e disse:

– Muito engraçado!

Cara, ali estava o ET, o extraterrestre icônico, e a única coisa que eu conseguia pensar em dizer para ele era para não usar o meu iPhone.

— **OLHE NOS MEUS OLHOS, GAROTO!**

O ET ficou nervoso e me deu uma bronca. Pelo que eu me lembrava, ele era gentil e educado.

— **ENCONTRE A SUA ESPAÇONAVE E TAMBÉM O PESO DA VITÓRIA** — ele falou.

O que será que ele quis dizer com isso? Ele então ficou calado e eu, cheio de dúvidas. Será que ele estava se referindo ao fato de eu ter invadido os registros da escola e alterado as minhas notas?

ET... TELEFONE... MINHA CASA...

ET, OS ANOS 1980 JÁ ERAM!

Mas, quando **TENTEI PEDIR** uma explicação, ele **DESAPARECEU**, e eu fiquei ali sozinho, cheio de dúvidas.

31 de outubro

Acordei com os latidos do **TEO**. **MEU CACHORRINHO** estava rosnando para o meu iPad. Às vezes ele passava horas vidrado na tela lendo o jornal on-line.

– Pelo menos não podem dizer que nosso cachorro não lê o jornal! – eu lhe disse, assustado por vê-lo no quarto.

Meu pai o havia empacotado e enviado por **Fedex**, e ele foi entregue em menos de 24 horas.

– Por que não o trouxemos no avião com a gente? – perguntei ao meu pai.

– Não havia espaço para o **TEO** e o **ALF** juntos – ele respondeu, com sua lógica peculiar. – E eu sabia que **O TEO PODERIA CHEGAR AQUI SEM MIM!**

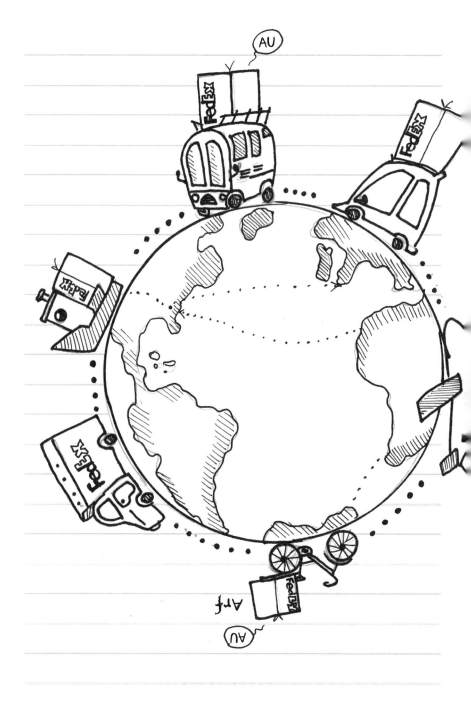

Fiquei feliz de rever meu **CÃOZINHO** com "atestado de esquisito". Antes de ir ao restaurante do **HOTEL** para tomar café da manhã, eu queria brincar com o **TEO** um pouco, mas ele parecia muito mais interessado nas tirinhas do **SNOOPY** na internet.

A VIAGEM DE TEO

ELE É MESMO PARTE DA FAMÍLIA!

Assim como todos nós, ele vive em seu próprio mundo!
Então eu saí e, alguns segundos depois, recebi uma mensagem no meu iPhone.
Quem poderia ser?
Abri a mensagem e ali estava o Teo, sorrindo, com a frase "Boa sorte, Senhor Matemática!".
Era seu jeito de **ME ANIMAR E APOIAR!**
De verdade, como ele consegue enviar

mensagens sem ter **MÃOS** eu não sei dizer. Os outros integrantes da equipe e os pais deles estavam lá embaixo, esperando por nós. Eu estava ansioso para ver a **Grande Mata-crânio**. Eu adorava olhar em seus olhos e conversar com ela. Só de imaginá-la perto de mim, meu coração já disparava. **ELA ERA COMO UM ARCO-ÍRIS COM MAIS DE SETE CORES. ERA MUITO MAIS DO QUE ESPECIAL!**

Ela estava sentada à mesa com seus pais, que podiam muito bem ter saído de um livro de Arte. Os dois eram pintores, e a roupa deles parecia ter todas as cores de uma paleta de pintor.

Fitei o olhar na Grande Mata-crânio, mas ela não tirava os olhos de um livro de Matemática que tinha trazido. **ELA ESTAVA ESTUDANDO COMO SE TIVESSE DE PASSAR NA PROVA MAIS IMPORTANTE DE SUA VIDA.**

– Esse programa de talentos não passa de um jogo! – eu lhe disse.

Ela levantou o olhar e sorriu para mim.

– É verdade, mas estou estudando porque gosto! – respondeu.

Fiquei admirado com sua determinação e perseverança.

ERA COMO ME VER NO ESPELHO, MAS COM UM CORPO BONITO.

Se o meu silêncio fosse um emoji, ela veria mil corações flutuando em volta dela.

– Está pronto para nossa **VISITA AOS ESTÚDIOS DE HOLLYWOOD?** – ela me perguntou.

Fique feliz ao ver seu interesse por mim.

– Claro! Nós vamos conhecer os sets de vários filmes e séries de TV!

Naquele momento, eu estava tão feliz que seria capaz até de visitar o set do filme **CREPÚSCULO** com ela, embora eu tivesse medo desse filme (pelo menos o pouco que vi me assustou).

Depois do café da manhã, fui ao banheiro, pois logo a nossa **VISITA AOS ESTÚDIOS** ia começar e eu conheceria vários sets de filmes clássicos. Quando fui lavar as mãos,

o **DARTH VADER** apareceu de repente

no espelho.

Eu dei um pulo de susto!

- SOCOOOOOORRO! Você voltou? - perguntei,

após o susto inicial.

o **DARTH VADER** estava indiferente,

como sempre (a máscara dele esconde seus

sentimentos.)

- Vim fazer uma ponta! - ele falou.

Não entendi o que ele quis dizer com aquilo.

- Esqueça, seu pivete. Você tem **SORTE** por

eu ter me lembrado de você, já que decidi

ficar longe de **HOLLYWOOD**. Abri um pub

na Irlanda e ando muito ocupado.

- Irlanda? - perguntei, surpreso.

- Quero evitar participar de outro filme

ruim. Não quero que me ressuscitem para

me colocar em uma dessas **SEQUÊNCIAS**

HORRÍVEIS. Você viu o que aconteceu com

o Han Solo? **NINGUÉM MAIS RESPEITA OS**

ÍCONES DO CINEMA!

Não dava para discordar.

- **Tem razão!** Por que não fala com o George Lucas? - sugeri.

- Seu malandrinho, esqueça ele! Lembre-se, **UMA VEZ NERD, SEMPRE NERD!**

- Como assim?

- Escute o que o **ET** diz.

- Como você sabe do **ET?** Está com ciúmes? - perguntei, sarcástico.

- Até os **Power Rangers** têm fãs. Pode gostar dele o quanto quiser, embora ele pareça um **Teletubby** e não assuste nem um bebê.

- Certo, vou escutar o que ele tiver para me dizer - eu lhe disse, afinal **ELE FOI MEU PRIMEIRO MENTOR.**

- Encontre a sua espaçonave e também o peso da vitória - ele me lembrou antes de desaparecer.

Aquilo era exatamente o que o **ET** tinha falado para mim.

O QUE SIGNIFICAVA?

O dia 31 de outubro foi com certeza um dos mais BACANAS da minha vida, principalmente porque todas as pessoas que eu amo estavam comigo (tanto os meus pais como os meus amigos).

O sol da Califórnia é diferente do sol de Nova York.

Onde eu moro, dá para sentir uma energia capaz de iluminar até postes quebrados, mas em LOS ANGELES o sol traz cores e uma alegria que contagia!

Era um dia típico em Los Angeles, onde o sol é o rei que brilha e deixa todos os habitantes do "reino" felizes.

O canal de TV do programa de talentos estava nos levando para uma visita aos estúdios.

Porém, nós éramos uma equipe de crianças vindas do outro lado do país. Então a nossa visita não seria apenas a visita aos estúdios da UNIVERSAL para turistas. Eles queriam nos mostrar a VERDADEIRA HOLLYWOOD, algo que era o sonho de todo nerd!

Dois guias **BEM ESQUISITOS** vieram nos buscar. Um era mais cheinho, com BARBA DESGRENHADA e CARA DE DOIDO, e estava usando camiseta preta e boné para trás. Ele se apresentou:

– Meu nome é **Kevin**, mas, apesar do meu estilo, não sou o JUSTIN BIEBER!

Meu pai arregalou os olhos quando o viu.

O outro guia era loiro e vestia uma jaqueta aberta, por cima de uma camiseta do **BOB MARLEY.** Ele também usava uma touca de lã que não condizia com o calor que estava fazendo.

– Eu sou **Jason**. Vamos lá. É melhor nos apressarmos, pois os **MEUS FÃS** estão me esperando! – ele falou com certa arrogância.

MEU PAI CAIU NO CHÃO, PERPLEXO.

Corri para ver se ele estava bem e, após um instante, meu pai disse:

– Vocês viram quem eles são?

Eu olhei para os guias de novo, mas não vi nada especial, só dois guias de **HOLLYWOOD.**

- São o **Jay** e o **Silent Bob!** - disse o meu pai.
- Quem? - perguntei, sem entender.
- SÃO DOIS NERDS SUPERMANEIROS.

Sem eles, não existiriam "**NOVOS NERDS**"!
Eles são lendários!
- Terra chamando pai - falei. - Os anos **1990** já eram. Volte a si!

Eu esperava que a loucura dele ficasse presa em seu cérebro por pelo menos algumas horas.
- VOCÊ NÃO ENTENDE!

Eles são verdadeiros ícones! **NERDS!** Um espelho de nós, idiotas, nos anos 1990!
CERTO, EU DESISTO. NÃO HÁ NADA QUE EU POSSA FAZER!

MOMENTO NERD!
JAY e SILENT BOB
Quem são?

Meu pai confundiu o Kevin com o SILENT BOB e o Jason com o JAY. Quer saber quem são esses dois esquisitões? Meu pai os adorava. Eram os **ÍDOLOS** dele quando ele era jovem. Todo nerd deveria conhecê-los, ainda que suas histórias não sejam para crianças.

JAY e SILENT BOB são **PERSONAGENS** criados pelo cineasta americano KEVIN SMITH. Quem interpreta o Silent Bob é o próprio Kevin Smith, e Jason Mewes interpreta o Jay. Eles ficaram famosos graças ao filme O BALCONISTA (1994). Então, apareceram em todos os filmes, séries e clipes musicais do "View Askewniverse", como o clipe

92

"Because I Got High", de Afroman, o filme Pânico 3, de Wes Craven, e a série Degrassi: A Próxima Geração.

Jay e Silent Bob são dois caras de New Jersey que passam o tempo todo do lado de fora de um mercadinho. Jay tem uns 30 anos e cerca de 1,80 m de altura. Ele tem cabelo loiro comprido, geralmente usa uma **TOUCA DE LÃ** e se veste como um rapper.

Bob não tem o cabelo muito longo, usa barba e sempre está com um boné do time de beisebol **NEW YORK YANKEES** e um casaco verde-escuro. Ele quase nunca fala. Tranquilo e calado, sempre concorda com Jay. É fumante compulsivo. Os dois se conheceram na frente do mercadinho Quick Stop Groceries quando eram crianças. Apesar de serem personagens secundários no filme, eles representam a ligação entre todas as histórias do bairro onde vivem e de seus habitantes. Como as cenas em que apareciam eram superengraçadas, Kevin Smith criou um filme só deles em 2001, O IMPÉRIO DO BESTEIROL CONTRA-ATACA, em que muitos dos personagens de longas anteriores aparecem como coadjuvantes.

Naquele momento, o **Jason** foi até meu pai e disse:

– Vamos, coroa. Mexa-se e venha com a gente... E, se está pensando que somos **Jay** e **Silent Bob**, deixe-me dar uma notícia ruim: nós não somos eles!

– Aqueles caras são **EXTRAORDINÁRIOS** e **MEGAINTELIGENTES**, não apenas guias como nós. Neste momento eles devem estar atuando no set de uma superprodução, como merecem – disse o Kevin.

MAS MEU PAI NÃO ACREDITOU NELE.

Ele achou que os dois estavam mentindo, mas fingiu acreditar só porque adorava a ideia de estar com seus **ídolos da adolescência**. Ele então se levantou do chão e os seguiu.

– Muito bem, vamos começar a nossa visita em um antigo set lendário, onde poderão admirar **UMA DAS INVENÇÕES MAIS BONITAS DA HISTÓRIA DO CINEMA** – disse o **Kevin**.

Ele tinha despertado a nossa **CURIOSIDADE**.

Quando ele abriu a porta do **ESTÚDIO**, estávamos diante do **DELorean** do filme **De volta para o futuro**.

– Se os pivetes não sabem o que é De volta para o futuro, **HOLLYWOOD** não é para vocês! Este não é apenas um carro. É o carro incrível que o **DOC** e o **MARTY MCFLY** usam para viajar no tempo! – disse o Jason.

Ainda com o saco de papel na cabeça, o **NICHOLAS** correu para o carro e começou a fazer carinho nele **COMO SE FOSSE UM CÃOZINHO**. Então, o Kevin tentou tirar o saco da cabeça do Nicholas, mas o **GEORGE** no mesmo instante bloqueou o **KEVIN** com os ombros.

– **Solte ele!** – gritou o George.

– Eu quero ver o **ET** escondido embaixo desse saco! – respondeu o Kevin, como se estivesse possuído.

– **ET?** Alguém viu um ET? – perguntou o meu **PAI**, que estava totalmente absorto no **DELorean** e não tinha ideia do que estava acontecendo.

- ME SOLTE! Eu não quero que você veja como eu estou me sentindo! – gritou o **NICHOLAS**, e o **KEVIN** o soltou.

A Ellen olhou para mim.

ACONTECE QUE A GENTE NUNCA TINHA SE PERGUNTADO POR QUE O NICHOLAS DECIDIU VIVER COM UM SACO DE PAPEL NA CABEÇA, mas agora estava claro: ELE NÃO QUERIA QUE NINGUÉM VISSE SUAS EMOÇÕES. Talvez fosse HIPERSENSÍVEL, e crianças como nós às vezes não entendem as emoções, por isso ele não queria se sentir julgado.

Não sei se eu tinha RAZÃO ou não, mas acho que o Nicholas se sentia um pouco mais confortável e protegido embaixo daquele saco. Ele era meu amigo, e eu respeitava as escolhas dele.

– Este **DeLorean** não é só um carro. Ele pode transportar vocês pelo tempo – disse o **KEVIN** lentamente. – Ele pode nos mostrar a perfeição que há no mundo e a imperfeição da humanidade.

Depois de passarmos 20 minutos no universo do filme **DE VOLTA PARA O FUTURO**, nossos dois guias malucos nos levaram a outro set, onde o verdadeiro **Gizmo** nos aguardava. Era do filme de **JOE DANTE**, **Gremlins**.

– Antes de os levarmos aos sets de filmes contemporâneos, precisamos apreciar uma das obras-primas dos filmes de fantasia – disse o **KEVIN**. – O **Gizmo** é uma criatura perfeita, um cruzamento de bicho de estimação, ET e humano. **ELE REPRESENTA A INOCÊNCIA QUE O FORTALECE.** Talvez vocês não tenham visto o filme, mas o **Gizmo** é uma criatura peculiar com certas regras que têm que ser seguidas. Por exemplo, ele não pode ser exposto à luz, principalmente à luz do sol, que pode matá-lo. Outra regra é que o **Gizmo** não pode se molhar, pois a água ativa seu ciclo reprodutivo, e ele começa a se multiplicar. Além disso, ele não pode comer depois da **MEIA-NOITE**.

IGUAL AO BILLY, EU QUERO UM MOGWAI GENTIL E MISTERIOSO DE NATAL!

MOMENTO NERD!

Em 1943, Roald Dahl escreveu um **LIVRO INFANTIL** intitulado **OS GREMLINS**. Em parceria com os Estúdios Disney, ele criou um roteiro, mas o projeto nunca virou filme. Chris Columbus inspirou-se na ideia e escreveu um roteiro mais voltado ao **TERROR**. Nesse roteiro, a mãe de Billy é morta pelos gremlins e sua cabeça rola escada abaixo. Em outra cena, o cachorro da família é devorado pelos gremlins, e em outra os gremlins invadem um McDonald's e devoram todos os clientes em vez dos hambúrgueres. Por fim, **OS GREMLINS** virou um filme com menos terror e mais humor em 1984, dirigido por Joe Dante, com roteiro de Chris Columbus e produção executiva de Steven Spielberg. O filme fez um **SUCESSO ENORME** e recebeu boa avaliação dos críticos pela combinação perfeita de terror e comédia.

O **KEVIN** abriu a porta do set onde a criatura esquisita era guardada. Todo mundo ficou impressionado. Os pais do **GEORGE** são engenheiros aficionados por simetria e não gostam muito de **FILMES DE FANTASIA**. Mas a ternura de **Gizmo** os conquistou na hora. Eles nunca tinham assistido ao filme de **JOE DANTE**, mas se derreteram todos ao verem o pequeno mogwai.

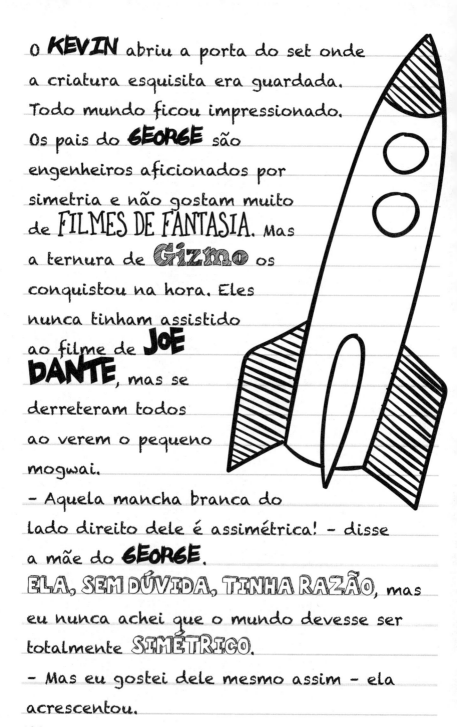

- Aquela mancha branca do lado direito dele é assimétrica! - disse a mãe do **GEORGE**.
ELA, SEM DÚVIDA, TINHA RAZÃO, mas eu nunca achei que o mundo devesse ser totalmente **SIMÉTRICO**.
- Mas eu gostei dele mesmo assim - ela acrescentou.

O **GEORGE** sorriu, pois seus pais tinham descoberto como as coisas "diferentes" poderiam ser mágicas.

EU ESTAVA ANSIOSO PARA CONHECER OS OUTROS SETS DE FILMES. Quando estávamos esperando para ver a qual "mundo" eles nos levariam, o **JASON** gesticulou para fazermos silêncio.

Mal conseguíamos nos conter! Até a **Grande Mata-crânio** estava superentusiasmada, e geralmente ela é a única que controla as emoções.

Seguimos o **JASON** e o **KEVIN**, então, de repente, nos vimos em **HOGWARTS**, a escola de magia e bruxaria onde se passa a maior parte da história de **HARRY POTTER.**

Naquele momento, percebemos que aquele era o dia mais **INCRÍVEL** da nossa vida! Nós vimos a **RUA DOS ALFENEIROS, Nº 4**, que era a casa da família **DURSLEY**, e depois **A TOCA**, onde a família **WEASLEY** morava, que era um lugar aconchegante, ao contrário da casa da **RUA DOS ALFENEIROS.**

Eles também nos levaram a um canto do estúdio onde ficava parte da **FLORESTA PROIBIDA.**

O UNIVERSO DE HARRY POTTER ERA UMA PORTA PARA O MUNDO DA FANTASIA.

Era uma floresta densa que se estendia por quilômetros de **HOGWARTS**, e no limiar dela ficava a cabana do **HAGRID**.

Na floresta havia inúmeras criaturas mágicas, como **TESTRÁLIOS, UNICÓRNIOS, CENTAUROS, ACROMÂNTULAS** (que eram lideradas por **ARAGOGUE**, a aranha falante que o **HAGRID** escondeu em **HOGWARTS** quando aluno) e diversos outros personagens. Depois fomos aos estúdios de **Divergente, STAR WARS**, STAR TREK, Jogos Vorazes e até conhecemos o estúdio onde seria gravado um clipe da **ARIANA GRANDE. HOLLYWOOD ERA MESMO O LUGAR ONDE OS SONHOS E OS ASTROS HABITAVAM!**

Nós estávamos com a mente repleta de imagens fantásticas. Eu perguntei ao **KEVIN** se ele poderia nos mostrar o **ET**, mas ele disse que a criatura idealizada por **STEVEN SPIELBERG** e criada por **CARLO RAMBALDI** estava trancada em um estúdio ao qual ninguém tinha acesso. Fiquei decepcionado, pois seria incrível tocar o **ET** de verdade, em vez do que havia aparecido no meu sonho na noite passada.

Será que o que eu tinha visto era real ou só coisa da minha imaginação?

Eu estava cansado, mas, antes de voltar para o hotel, eu queria falar com a **Grande Mata-crânio**. Não havia ninguém por perto, e eu queria ficar um pouco com ela.

– Foi incrível, né? – perguntei, falando sobre o que tínhamos visto.

– Incrível mesmo! – ela respondeu sem hesitar. Em seguida, acrescentou:

– **IGUAL A VOCÊ!**

Quando assisto a tutoriais no **YOUTUBE**, geralmente coloco para repetir. Bem, era isso que eu queria fazer com a nossa conversa: assistir a ela infinitamente, só para ter certeza de que eu tinha ouvido tudo direitinho.

A **Grande Mata-crânio** tinha me elogiado e eu fiquei molenga feito um MARSHMALLOW derretido.

1º de novembro

O dia enfim tinha chegado. Era o confronto decisivo. O café da manhã do hotel já estava pronto havia algum tempo... mas nós não. Mesmo com a **MENTE FOCADA** na competição, estávamos em transe. Estávamos tensos e não conseguíamos falar nada. Dentro de algumas horas, iríamos enfrentar os **VINGADORES MALVADOS**, e o programa de talentos nos tornaria famosos no mundo inteiro. **OS NOSSOS PAIS ESTAVAM TENTANDO NOS ANIMAR**, e logo eles estariam na plateia do programa ao vivo.

Os produtores nos pediram para escolher as fantasias que usaríamos na competição. Nós não tínhamos ideia de que fantasia nossos rivais usariam, mas a **ELLEN** já tinha escolhido umas roupas de **ANGRY BIRDS** para nós.

Ficamos ridículos, com CARA DE BOBOS.

O **GEORGE** vestiu a fantasia do **CHUCK**, o passarinho amarelo triangular que dispara feito uma bala quando tocado durante o voo.

Ele perguntou para a **ELLEN**:

– NÃO TINHA NADA QUE FOSSE UM POUQUINHO ASSUSTADOR? ALGO QUE PUDESSE INTIMIDAR A OUTRA EQUIPE? TALVEZ FUNCIONASSE!

Ele tinha razão.

Nós não parecíamos fortes ou determinados.

Com aquelas fantasias, não espantaríamos

nem uma mosca.

– É UMA ESTRATÉGIA! – afirmou a

minha irmã.

Ela estava usando a fantasia do Pássaro

Vermelho, o líder do grupo.

– Com essa fantasia, eu pareço **fraca**, igual

ao Pássaro Vermelho. Mas lembrem-se de que

é ele quem entende o que os porcos estão

tramando! – ela disse.

Parecíamos **BOBOS**, e o pior é que nem nós

mesmos estávamos nos entendendo.

A **Grande Mata-crânio**, que não

curtia **ANGRY BIRDS**, ficou com a fantasia

preta do **BOMBA**.

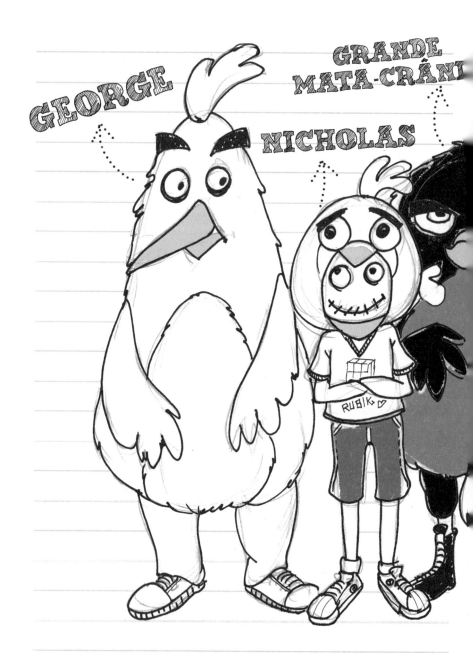

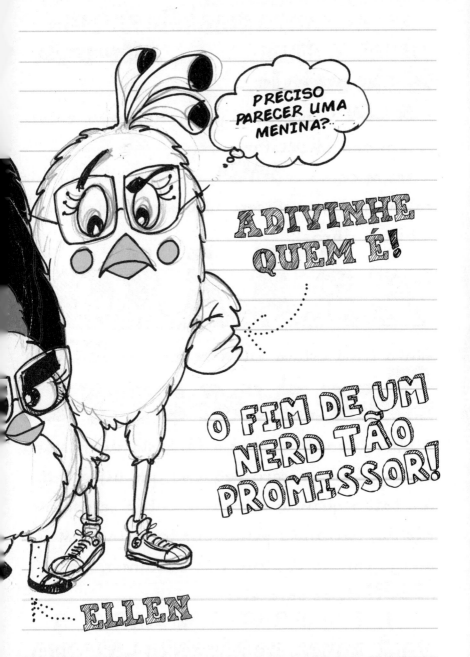

— ESSAS FANTASIAS NÃO FAZEM O MENOR SENTIDO... — disse a Grande Mata-crânio.

A **ELLEN** já previa o questionamento, então respondeu imediatamente:

— Assim como o **BOMBA**, que explode quando cai no chão, você será útil para destruir os "objetos duros"!

NÃÃÃÃO!

Minha irmã estava falando como os DESENHOS!

Socooooorro!

O Nicholas estava com a fantasia do Pássaro Laranja: um pássaro pequeno que infla feito um balão quando é tocado, então se esvazia rápido, deixando penas por todo lado. Meu amigo tímido decidiu não reclamar, mas a **ELLEN** disse para ele:

— EU SEI O QUE ESTÁ PENSANDO... E VOCÊ, IGUAL AO PÁSSARO LARANJA, VAI DEIXAR SUA TIMIDEZ DE LADO

E SE TORNAR UM GIGANTE!

Eu estava com a pior fantasia. Eu parecia um frango fantasiado de **MATILDA**. Quando tocado em voo, esse pássaro branco tem o **poder de lançar ovos feito bombas**.

Nossos pais olhavam para nós como se o **PÉ GRANDE** estivesse na frente deles.

O meu pai foi o único que não reagiu, pois estava concentrado lendo o jornal na internet. No estilo perfeito dos **GIBIS** dos anos **1980**, ele exclamou:

— **MACACOS ME MORDAM!**

Todo mundo caiu na risada.

— Não tem graça! — ele disse, preocupado. — **OS ESTÚDIOS FORAM ROUBADOS A NOITE PASSADA!** Vários itens de filmes adorados por **NERDS** do mundo todo foram roubados, inclusive o **DELorean** e o capacete do **DARTH VADER**. E não é só isso: os ladrões também invadiram a casa do **GEORGE LUCAS** e levaram o **R2-D2** e o **C-3PO**.

Paramos de rir na hora. Por quanto o **DeLorean** poderia ser vendido?

Ele não viajava no tempo de verdade.

E quem compraria uma máscara roubada do **DARTH VADER**?

O ladrão devia saber perfeitamente que **ELE NÃO LUCRARIA MUITO COM O ROUBO.**

Não passava de uma brincadeira sem graça feita contra o mundo do cinema e da televisão.

– Eles também roubaram a varinha mágica do **HARRY POTTER**, a original! – continuou o meu **PAI**, chocado.

ELE TINHA SIDO NERD e sabia muito bem qual era a importância daqueles **ITENS**, que tinham um valor **INESTIMÁVEL**, pois eram **MÍTICOS!**

A **Grande Mata-crânio** se aproximou de mim, me abraçou e disse algo de que eu me lembraria depois:

- QUEM ROUBARIA COISAS QUE SÓ OS NERDS ADORAM?

Algumas horas mais tarde, entramos no estúdio. O clima era de tristeza, pois anos de sonhos tinham sido roubados, e os itens que povoaram a imaginação de várias gerações talvez nunca fossem encontrados. **Simon**, o criador do programa, subiu no palco e nos lembrou de que mais de **7 milhões de pessoas** assistiam ao **AMERICA LOVES TALENT.**

Voltei ao presente e resolvi esquecer as notícias tristes. Eu estava com sede e perguntei onde poderia encontrar algo para beber.

O **KEVIN** e o **JASON** estavam no estúdio e apontaram a direção.

- NO FIM DO CORREDOR À DIREITA, HÁ UMA MÁQUINA DE VENDA - eles disseram ao mesmo tempo.

Eu fui até lá, com a esperança de que um refrigerante me animasse. Ao lado da máquina, encontrei o **ET** mais uma vez.

– Eis você aqui de novo! – ele disse com uma arrogância que eu nunca imaginei que um **ET** pudesse ter. – **JÁ PROCUROU A ESPAÇONAVE E O PESO DA VITÓRIA?**

– Você de novo?

– **O tempo voa** e, se quiser ter sucesso, **ENCONTRE A ESPAÇONAVE E O PESO DA VITÓRIA!**

Não entendi o que ele quis dizer. Eu só queria vencer!

- O **DARTH VADER** era muito mais simpático e não zombava de mim com esses enigmas idiotas – respondi.

- O céu está pronto, mas precisamos que você encontre o **PESO DA VITÓRIA!** – continuou o **ET**.

Aquele alienígena devia ter um sério problema de comunicação.

- **PHIL! Phil, o Nerd.** Alguém sabe onde ele está? – gritou o **JASON**.

O diretor estava me procurando, eu não percebi que estava atrasado. Peguei o meu refrigerante e corri para o meu lugar, pronto para começar o confronto contra os **VINGADORES MALVADOS**.

- Já vamos entrar no ar. Crianças, sabem o que isso significa? É uma transmissão **AO VIVO**, então, se vocês errarem, continuem, pois não teremos como repetir. Tudo tem que acontecer na mesma tomada!

QUENTIN, o diretor, deu um grito. Ele nunca se esqueceu do Oscar que tinha ganhado dez anos atrás.

As luzes se apagaram e uma voz disse para ficarmos em silêncio.

A vinheta do programa começou e as luzes se acenderam, revelando a **RIHANNA**. **ELA ERA A APRESENTADORA DO AMERICA LOVES TALENT**. Ela estava linda, e adorava repetir para cada participante:

— Sorria, sorria, você está no **AMERICA LOVES TALENT!**

Ela era meio exagerada, mas muito simpática, e até repetiu seu bordão:

— Quem está em casa, **sorria**. Quem está na plateia, **sorria**. E todos os participantes, **sorriam**... Todo mundo,

Vocês estão no **AMERICA LOVES TALENT!**

Você conhece a verdadeira história do ET?

MOMENTO NERD!

Certa noite, uma **ESPAÇONAVE MISTERIOSA** aterrissa no meio de uma floresta da Califórnia, e dela saem uns botânicos alienígenas que começam a coletar amostras da vegetação. De repente, agentes do governo aparecem, e os alienígenas voltam para sua espaçonave e partem, sem perceber que deixaram um deles para trás. Enquanto isso, nos subúrbios de Los Angeles, um menino de 9 anos chamado **ELLIOTT**, cujo pai misterioso estava no México a trabalho, está passando a noite com o irmão mais velho, **MICHAEL**, e seus amigos, jogando Dungeons & Dragons. Quando sai para pegar uma pizza, Elliott ouve barulhos em um armário. A princípio acha que é seu cachorro, mas na verdade é um **ALIENÍGENA**, que sai correndo.

A família de Elliott não acredita nele, então ele espalha doces na floresta para atrair o alienígena. Então, uma noite, o alienígena vai até Elliott com todos os doces, e o garoto o esconde em seu quarto para sua família não descobrir.

Todos começaram a aplaudir, então ela continuou:

– O duelo de hoje vai ser sensacional... Um grupo de crianças inofensivas contra uma equipe assustadora de adultos! **QUEM SERÃO OS MAIS TALENTOSOS EM MATEMÁTICA? SORRIAM**, pois é hora de conhecer as equipes! – disse a **RIHANNA**. – Aqui estão os integrantes de **The Ping Pong Theory**, de NOVA YORK, liderados pela doce e pequena Ellen! **MINHA IRMÃ FICOU COM VONTADE DE JOGAR UMA TORTA NA CARA DELA**, pois odiava ser chamada de doce e pequena. A CARA DE BRAVA da **ELLEN** mostrou o quanto ela havia ficado contrariada por ser descrita **ASSIM**.

sorriam, queridos, e vamos dar uma salva de palmas para **ELLEN**, GEORGE, NICHOLAS,

Grande Mata-crânio e **PHIL, O NERD!** – continuou a apresentadora.

A **ELLEN** engoliu a raiva e entrou na onda. Aquela recepção calorosa nos pegou de surpresa.

A plateia logo gostou de nós por sermos crianças e estarmos usando aquelas fantasias doidas... e o mesmo deve ter acontecido com os telespectadores. A estratégia da Ellen não era tão absurda quanto tínhamos imaginado!

– **ESTÃO PRONTOS?** É hora de conhecer os **VINGADORES MALVADOS!** Eles são um grupo de adultos liderados pelo gênio **Professor Gray**. Eles escolheram se vestir... como eles mesmos! São vilões do cinema e da televisão. **ESQUELETO, SENHORITA PÂNICO, MORTIMER,** também conhecido como **THE WALKING DEAD, VENOM TRIPA** e o **Professor Gray** estão aqui para humilhar os pobres e indefesos integrantes de **The Ping Pong Theory** – prosseguiu a **RIHANNA**.

Todos vaiaram quando os **VINGADORES MALVADOS** foram apresentados.

A plateia os odiava. Eles eram sabichões metidos e assustadores.

— **SORRIAM**, sorriam todos! Vocês estão no **AMERICA LOVES TALENT!** — a apresentadora repetiu.

A competição começou, e os juízes tomaram seus lugares na bancada. A primeira pergunta foi a mais fácil. Nós tínhamos **15 SEGUNDOS** para responder.

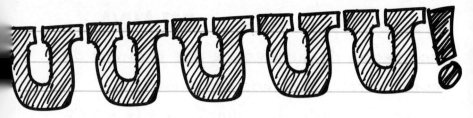

— Dada a equação da parábola $y = x^2 + x$, encontre as tangentes que cruzam o zero de origem. — a **RIHANNA** leu.

O **NICHOLAS** sorriu e escreveu a resposta em menos de dois segundos. Os juízes confirmaram a resposta e nos deram o primeiro ponto.

A plateia começou a vibrar com animação:
— **PING PONG THEORY!**

Foi um ótimo começo, e tudo graças ao nosso treinamento intensivo e preparação.

A segunda pergunta que a **RIHANNA** leu nos pegou de surpresa, e nós paramos de comemorar e ficamos em silêncio.

– Em que ponto da equação $y = (x - 2)^2$ a parábola ficará tangente ao eixo x? – ela perguntou.

Essa era uma questão que poderia cair no vestibular de uma **faculdade de Engenharia**, e, mesmo que nós conseguíssemos calcular o resultado, jamais teríamos respondido tão rápido quanto os **VINGADORES MALVADOS**.

Quando ganharam o ponto, o **VENOM TRIPA** deu uma gargalhada tão alta e terrível que quase fez a minha irmã perder o controle. **AQUELES CARAS ERAM REALMENTE ASSUSTADORES E ESTAVAM MUITO BEM PREPARADOS.**

Talvez o nosso talento não fosse suficiente para derrotá-los. Mas, com **concentração** e **determinação**, talvez pudéssemos vencer. Qualquer distração poderia nos custar bem caro.

A **RIHANNA** se aproximou da câmera, com seu lindo rosto em close-up, e anunciou o **MOMENTO DO CLIPE CRIATIVO**. As equipes deveriam mostrar um vídeo para os juízes avaliarem a criatividade e darem pontos de bônus.

– A **PLATEIA** gostaria de conhecê-los melhor! Vocês estão empatados por enquanto, mas uma das equipes pode ganhar vantagem. É hora de nos mostrarem algo engraçado e supercriativo. **SORRIAM**, competidores e plateia: é hora do **CLIPE CRIATIVO!** Vamos começar com **The Ping Pong Theory** – disse a **RIHANNA**, quase sem fôlego.

A **ELLEN** se levantou, pegou o controle remoto e deu play no nosso clipe. No vídeo, nós estávamos em um **DESENHO ANIMADO** usando trajes de super-herói e lutando contra uns seres semelhantes aos Transformers. No final da batalha, a **ELLEN** deu sorvete aos nossos inimigos, e dançamos todos juntos em uma linda praia de **MALIBU**.

O CLIPE ERA ALEGRE E MOSTRAVA O AMOR QUE TÍNHAMOS UNS PELOS OUTROS e também por nossos oponentes. Em outras palavras, a **competição** era só um **JOGO!**

A plateia gostou da nossa atitude divertida.

Os juízes se levantaram e mostraram nossas notas: **TUDO 10!**

Nós tínhamos recebido a nota mais alta possível, e só restava aos **VINGADORES MALVADOS** torcer para receber a mesma nota que nós, para iniciarmos a segunda rodada empatados.

O professor Gray não era simpático como a Ellen e nem se esforçou para sorrir para a plateia.

Ele parecia zangado. Obviamente não estava gostando do fato de estarmos em **HOLLYWOOD** nos divertindo em um dos programas mais assistidos do **MUNDO.**

Ele pegou o controle remoto e deu play no clipe que os **VINGADORES MALVADOS** tinham preparado.

O vídeo deles tinha sido gravado na minha escola. A abertura, em estilo de filme de **TERROR**, anunciou: "**PREPAREM-SE PARA CONHECER UM MONSTRO TERRÍVEL!**".

Todos nós do **The Ping Pong Theory** começamos a rir, pois os **VINGADORES MALVADOS** tinham preparado um clipe de **TERROR** que os jurados com certeza odiariam.

A seguir, apareceram algumas imagens da minha **ESCOLA** e um letreiro que dizia:

"Aqui se esconde a criatura terrível que, como uma cobra, se esconde de tudo e de todos".

Então meu rosto apareceu.

O QUE EU ESTAVA FAZENDO NESSE VÍDEO?

A cena me mostrou na sala de computação invadindo o servidor da escola e alterando as minhas notas de **BOAS** para **ÓTIMAS**.

Um letreiro no fim do vídeo dizia o que eles e o mundo agora pensavam de mim:

"PHIL, O NERD, é uma fraude! PHIL, O NERD, é um MENTIROSO!"

UUUUUU

AS VAIAS DA PLATEIA PARECIAM FLECHAS ENVENENADAS.

A situação tinha virado de cabeça para baixo, e o **professor Gray** havia conseguido fazer a plateia me odiar.

SIMON, o chefe dos jurados, se levantou, olhou para nós e disse:

– ACABOU O SEU SHOW. VOCÊ E A SUA EQUIPE ESTÃO ELIMINADOS! NÃO GOSTAMOS DE MENTIROSOS E IMPOSTORES!

Vi no rosto do **GEORGE**, do **NICHOLAS**, da **Grande Mata-crânio** e da **ELLEN** uma grande decepção por perderem uma oportunidade daquela e, pior de tudo, por terem confiado na pessoa errada.

Como eu iria explicar para eles que foi o **professor Gray** quem me levou a fazer aquilo?

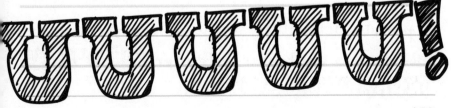

UUUUU!

Eu estava cansado das INJUSTIÇAS e queria CONSERTAR AS COISAS. Mas foi tudo inútil, e a minha tentativa de vingança só tinha piorado tudo. Naquele momento, a RIHANNA CHAMOU AS CÂMERAS e disse:

– Estamos na linha com o DIRETOR da ESCOLA DO PHIL. Ele gostaria de falar sobre o nosso nerd na TV e na internet!

Ali vinha o velho DIRETOR DONALD, outra pessoa rápida em condenar. Ele era do tipo que só parecia ficar feliz quando pudesse julgar, não entender.

– Phil, você sempre foi um ALUNO EXEMPLAR, mas eu não tenho escolha. Vou suspendê-lo POR UMA SEMANA! Você foi uma grande decepção, e obviamente suas notas finais REFLETIRÃO O SEU COMPORTAMENTO!

A plateia APLAUDIU, e ninguém parecia estar interessado em tentar entender POR QUE EU TINHA FEITO AQUILO.

Eu comecei a entender como as **BRUXAS** deviam se sentir durante a **INQUISIÇÃO**.

CURIOSIDADE

Você sabia que 27 de outubro é o Dia da Conscientização sobre o Gato Preto? Essa data, comemorada pouco antes do Dia das Bruxas, é dedicada a defender os gatos pretos de superstições e preconceito.

EPÍLOGO

O PESO DA VITÓRIA

ALBERT EINSTEIN DISSE:
"SE UM PEIXE FOR JULGADO POR
SUA CAPACIDADE DE SUBIR EM
UMA ÁRVORE, ELE PASSARÁ A VIDA
INTEIRA PENSANDO QUE É ESTÚPIDO".
ENTÃO, NÃO ME JULGUE PELOS MEUS
ERROS... MAS PELO QUE VOU FAZER
DE AGORA EM DIANTE.

ESTÁVAMOS NO HOTEL, PRESTES A JANTAR NA NOITE ANTERIOR AO NOSSO RETORNO PARA CASA.

As famílias dos meus amigos evitaram a minha. Eles não nos olhavam nem conversavam com a gente. Até a **Grande Mata-crânio** queria que eu ficasse longe dela.

— Duzentas mensagens no **WHATSAPP** e nem uma única resposta! — gritei para ela.

Ela me ignorou totalmente.

Fiquei tão triste quanto um sorvete fora do congelador ou um OCEANO SEM PEIXES.

Minha irmã me chamou, e nós saímos do restaurante do hotel.

Na piscina, ela colocou umas pastas em uma espreguiçadeira.

— O que você quer? — eu perguntei, meio assustado.

Ela me deu uma cópia impressa do site "**JOVENS NERDS** dos anos **1980** e **1990**".

— Leia! — ela disse. — Neste site estão todos OS NERDS MAIS FAMOSOS dos anos

1980 e 1990, quando a MAMÃE e o PAPAI ainda eram pessoas normais!

Eu li a lista de nomes, mas não conhecia nenhum, exceto o JASON e o KEVIN.

— Quem são eles e o que isso tem a ver comigo? — eu quis saber, apesar da minha irritação.

— Seu bobo, veja a foto: o cara que está falando com o JASON e o KEVIN. Ele tem o cabelo idêntico ao do professor Gray, mas o nome dele é Raymond McCarthy. Ou seja, ou o site está errado, ou o professor Gray não é quem diz ser.

A ELLEN estava orgulhosa de si mesma.

141

Prof. Tobery

As irmãs Blacky

Se o **professor Gray** era mesmo **Raymond McCarthy**... significava que o impostor era ele!

Mas por que ele fingiria ser outra pessoa?

Então me lembrei do que a **Grande Mata-crânio** tinha dito: "Só um nerd roubaria o **DeLorean**".

Caramba!

QUEM ERA O NERD DA FOTO? O PROFESSOR GRAY!

Ou seja lá qual fosse o nome verdadeiro dele.

— Saquei! Mana, você é um gênio! **O PROFESSOR GRAY NA VERDADE SE CHAMA RAYMOND MCCARTHY,** e foi ele o nerd que invadiu os estúdios e a casa do George Lucas para roubar todos aqueles itens.

Aquelas coisas não valem muito dinheiro, têm mais valor sentimental, e não significam nada para ninguém além dos nerds! E está claro que o próprio **professor Gray** era um **NERD!** Esta fotografia é a prova. Nós temos de descobrir onde ele escondeu os itens roubados, quem ele realmente é e como tornar tudo isso público antes de voltarmos para Nova York.

– VAMOS CHAMAR O RESTO DA EQUIPE E FALAR COM O JASON E O KEVIN. ELES CONHECIAM ESSE TAL DE RAYMOND MCCARTHY E PODEM NOS AJUDAR! – concluiu a **ELLEN**.

Meus amigos conseguiram despistar os pais depois de terem recebido uma ligação da **ELLEN**, nossa jovem treinadora, e foram nos encontrar.

– Tudo pelo nosso orgulho nerd! – declarou o **GEORGE**.

– Já mandei uma mensagem de **WHATSAPP** para o **KEVIN**, eles estão vindo – disse o **NICHOLAS** de repente.

- Como você tem o número dele? - perguntou a **Grande Mata-crânio**.

- Quando ele tentou tirar o saco de papel da minha cabeça, eu pedi desculpas e disse que, se ele quisesse ver o meu rosto, eu deixaria, mas não na frente de todo mundo. ELE ENTENDEU E DISSE QUE TUDO BEM. Então me deu seu número para caso eu precisasse dele. E AGORA NÓS PRECISAMOS DELE! - explicou o **NICHOLAS**.

O KEVIN E O JASON CHEGARAM NO BUICK VELHO DELES QUE RONCAVA FEITO UM VULCÃO PRESTES A ENTRAR EM ERUPÇÃO. Até nossos pais saíram do restaurante para ouvir o que o Kevin e o Jason tinham a dizer.

Nós mostramos a eles o artigo, e o **KEVIN** disse:

- Esse é o **Raymond McCarthy**. Eu não o vejo há eras. ELE ERA O NERD MAIS CHATO QUE EU CONHECI. Era um sabichão e se achava superior a todo mundo, só por causa das coisas que ele sabia.

145

ELE ERA MUITO INTELIGENTE, mas todo mundo ficava longe dele, e foi por isso que **ELE COMEÇOU A ODIAR OS OUTROS NERDS.** Todos o isolavam porque ele era muito competitivo, e sua atitude esnobe era insuportável. Ele julgava a todos, mas todo mundo achava o "Senhor Inteligência" uma piada. Ele era um ícone no começo, mas acabou sem amigos. **ERA UM RESULTADO INEVITÁVEL! ELE NÃO ERA SOCIÁVEL, POR ISSO NINGUÉM QUERIA FICAR PERTO DELE!**

Nós todos ficamos surpresos.

— Você tem certeza de que esse é o nome dele? — perguntei.

— Sim, lembro bem que é **MCCARTHY. ELE COMEÇOU A ODIAR OS NERDS E OS SÍMBOLOS QUE NOS REPRESENTAVAM, E DISSE QUE ELE SERIA A COR CINZA NO NOSSO ARCO-ÍRIS** — disse o Jason.

Tudo agora estava claro, inclusive o mistério do nome "**Gray**", que significa "**cinza**" em inglês.

Mas onde é que um cara daquele poderia se esconder?

SE ENCONTRÁSSEMOS AS COISAS QUE ELE TINHA ROUBADO, PODERÍAMOS REVELAR A VERDADE AO MUNDO, E NINGUÉM MAIS DIRIA QUE EU SOU UMA FRAUDE OU UM IMPOSTOR.

– Se querem saber onde ele morava, eu posso ajudar. O pai dele era dono do hotel onde vocês estão hospedados – disse o **JASON**.

– E daí? – perguntou a ELLEN.

– E DAÍ QUE, SE ELE ESCONDEU AS COISAS QUE ROUBOU, DEVE TER SIDO EM ALGUM LUGAR DESTE HOTEL ENORME – respondeu o **JASON**.

A HORA ERA AGORA!

Meu pai saiu para fazer uma ligação. Eu estava pensando no que o ET havia me dito. O que será que significava "O PESO DA VITÓRIA"? Eu tinha visto no hotel um auditório onde algumas cerimônias de HOLLYWOOD foram realizadas... ENTÃO CONVIDEI TODOS A VIREM COMIGO.

Eu os levei àquele auditório, esperando surpreendê-los.

Então abri a porta.

Mas não havia nada lá dentro.

Eu me vi diante de um palco e centenas de poltronas de onde as pessoas assistiam às cerimônias.

– Onde estão os ITENS ROUBADOS? – perguntou o **GEORGE**.

Todo mundo olhava para mim, e de repente me senti pesando 50 quilos a mais.

Então, no suporte que estava no meio do palco, eu vi a imagem de uma balança. **UMA BALANÇA!** Será que o **ET** se referia a isso quando mencionou "peso"?

Eu toquei a balança e a parede atrás do palco se abriu como uma porta de correr.

MUITO LEGAL!!!

Diante de nós estavam todos os itens roubados, além do **professor Gray**, que dormia no banco do DeLorean.

MOMENTO NERD!
O DELOREAN
VOCÊ NUNCA ASSISTIU A DE VOLTA PARA O FUTURO?

Na trilogia DE VOLTA PARA O FUTURO, o DELOREAN é a máquina do tempo que o inventor Emmett Brown, mais conhecido como DOC (Christopher Lloyd), e seu amigo adolescente MARTY MCFLY (Michael J. Fox) usam para viajar no tempo a partir de Hill Valley, sua cidade natal fictícia no norte da Califórnia.

Na trilogia, a máquina do tempo foi construída pelo Doc usando um DeLorean DMC-12 comum. Mas a máquina do tempo é ELÉTRICA e exige 1,21 gigawatt de potência para funcionar, que era fornecido originalmente por um reator nuclear energizado por plutônio. No primeiro filme, Doc não consegue obter o plutônio, e por isso eles ficam presos em 1955. Então ele canaliza a eletricidade de um raio

150

e manda Marty de volta para onde eles haviam começado em 1985. Em DE VOLTA PARA O FUTURO 2, Doc substitui o reator nuclear por um gerador chamado MR. FUSION, que usa lixo como combustível. Em DE VOLTA PARA O FUTURO 3, Doc diz a Marty que o gerador de fluxo energiza os circuitos de tempo e o fluxo de canal, mas o motor continua funcionando com combustível. O DeLorean usado em DE VOLTA PARA O FUTURO 2 é equipado com um dispositivo que lhe permite FLUTUAR no ar. No fim do segundo filme, o dispositivo é danificado por um raio, e Marty é enviado de volta para 1985. A partir daquele momento, o DeLorean nunca volta a flutuar. No JOGO lançado para PS3 em 2011, o DeLorean volta a flutuar no segundo de cinco episódios e vem equipado com um novo dispositivo: o Sistema de Retorno Automático, que leva o DeLorean à casa de Doc na década de 1980 sem atingir as 88 milhas por hora. Ele é ativado depois que a máquina fica parada por um tempo. É um dispositivo que Doc acrescentou depois dos eventos do terceiro filme, para que o Marty pudesse ajudá-lo caso ele não conseguisse voltar para casa após uma viagem ao passado...

Foi então que percebi que as câmeras do **AMERICA LOVES TALENT** filmavam a mim e à minha equipe enquanto revelávamos o **ROUBO**.

Meu pai estava sorrindo. Foi ele quem chamou o **SIMON** para dizer que eu tinha solucionado o caso.

CARA, EU ESTAVA FELIZ!

Eu tinha desmascarado o professor Gray e encontrado o **GIZMO** e **TODOS OS OUTROS OBJETOS MANEIROS QUE TODO NERD ADORA.**

Mostrei ao mundo que era um bom menino.

– Sorriam! **SORRIAM! Phil, o nerd,** não é o MENTIROSO! – disse a **RIHANNA**.

As câmeras filmaram a polícia levando o **professor Gray**, também conhecido como **RAYMOND MCCARTHY**.

E, finalmente, eu tinha voltado a ser PHIL, O NERD!

Mais tarde, fomos para o aeroporto. A **Grande Mata-crânio** pegou a minha mão antes de entrarmos no ônibus até o avião.

Ela sussurrou, para os outros não ouvirem:
- EU GOSTO DE VOCÊ. VOCÊ É DEMAIS. DEMAIS IGUAL AOS GOONIES...

Ela havia mencionado os GOONIES, e eu adorei!
ELA ERA UMA NERD DE VERDADE E ERA MUITO ESPECIAL PARA MIM.
Será que ela gostava mesmo de mim?
Eu não tive coragem de perguntar isso a ela.
Antes de entrar no avião, eu fui ao banheiro e, como era de se esperar, assim que fiquei sozinho, o ET apareceu.
- VOCÊ FOI ÓTIMO, SEU MALANDRINHO!
Você sabe que está crescendo e, como nos ensinam os LIVROS e FILMES DE FANTASIA, quando as crianças crescem, seus amigos

153

imaginários desaparecem. Isso significa que **TALVEZ NUNCA MAIS NOS ENCONTREMOS**, e você terá de enfrentar o mundo real sozinho. Chegou a sua hora. Você tem de viver! – disse o **ET**.

Fiquei triste porque não veria mais ele nem o **DARTH VADER**, mas ao mesmo tempo estava feliz porque a Grande Mata-crânio gostava de mim, e **EU ESTAVA ANSIOSO PARA VER AONDE A NOSSA HISTÓRIA DE AMOR NOS LEVARIA.**

Saí do banheiro do aeroporto um pouco antes de o meu pai entrar. Ele se aproximou de mim após alguns minutos e disse:

– Não se veem mais pessoas normais nesses banheiros!

Confuso, olhei para ele e perguntei:

– COMO ASSIM, PAI?

– o **ET** estava lá, falando abobrinha...

Ele tem medo de viajar de avião.

– Está me dizendo que você acabou de ver o **ET**?

– É, O QUE É QUE TEM?

Meu pai era um adulto e ainda estava vendo o alienígena do filme do SPIELBERG. COMO ERA POSSÍVEL?

– Querido, venha aqui, por favor – minha mãe chamou meu pai, que foi rapidinho até ela. Então, percebi que a minha designer de camisetas também tinha visto um alienígena perto dos banheiros.

– Ele estava nervoso, dizendo que de jeito nenhum vai entrar em um avião – disse a minha mãe, preocupada.

O meu pai e a minha mãe tinham visto um alienígena, apesar de serem adultos! O EXTRATERRESTRE DOIDO ERA REAL e era um NERD de verdade. Talvez ele não fosse o ET, poderia ser apenas um primo maluco dele, mas com certeza podia fazer parte da NOSSA FAMÍLIA!

UM DIÁRIO ESCRITO E DIRIGIDO POR

PHILIP OSBOURNE

Com

PHIL DICK (OU PHIL, O NERD)
GRANDE MATA-CRÂNIO
NICHOLAS
GEORGE
ELLEN DICK
LENNY DICK
MARYLIN DICK
TEO MESSI
PROFESSOR GRAY
VINGADORES MALVADOS
DARTH VADER (O VERDADEIRO)
ET (OU ALGUM PARENTE)
JASON
KEVIN
DIRETOR DONALD

Sinceros agradecimentos a Brian Yuzna, meu mentor.